月も歩む

白﨑龍子

郁朋社

月も歩む／目次

カバー題字／大嶋　嘉代子

中国地図

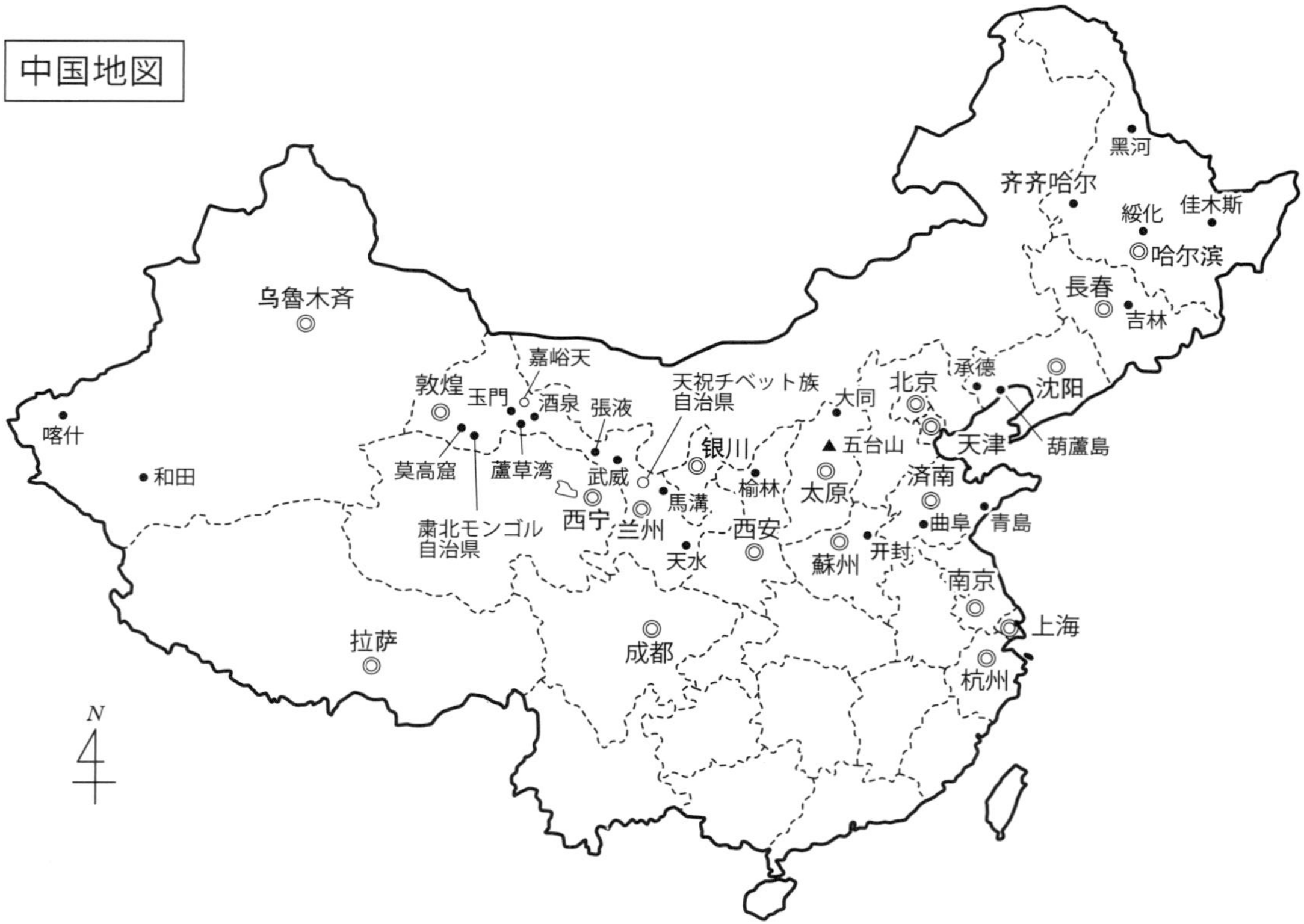

N
喀什
和田
乌魯木斉
拉萨
敦煌
玉門
嘉峪天
酒泉
莫高窟
蘆草湾
粛北モンゴル
自治県
張液
武威
西宁
兰州
天祝チベット族
自治県
馬溝
天水
银川
榆林
西安
成都
大同
五台山
太原
蘇州
开封
北京
天津
済南
曲阜
青島
承德
沈阳
葫蘆島
南京
上海
杭州
黑河
齐齐哈尔
綏化
佳木斯
哈尔滨
長春
吉林

月も歩む

一九四五年・秋・黒竜江省綏化《すいか》にて

止まってみよ月も歩むといぶかりぬ　北満の夜八歳なりき

夜を徹し異国の街を脱出す　避難の群れに明け初む駅舎

リュックひとつの父の歩みを家族追ふ　国敗れての引き揚げの日々

脱出

数日前から、母たちがせっせと非常食を作っているのに気づいてはいた。それは煎り米だったり、芋を油で揚げたりしたものだった。ただ醤油味をつけ褐色に煎りこんだ米はおいしそうには見えなかった。しかし、当時メリケン粉と言っていた小麦粉を入れる布製の大袋に二袋にもなる大量の非常食は、なにか大変な事態が起こりつつあるのだと感じとらせるものだった。

なにが起こりつつあるのか、母たちは何も言わなかった。北満州とはいえ日中にはまだ暑さの残る九月下旬、その日子供たちは綿入れの服に綿入れのズボン、真冬の服装で早く寝るように言われた。そして起こしたらすぐ起きるようにと。

どのくらい時間が経ったのだろう。夜中、母が耳元でささやくように呼ぶ声に私たちは飛び起きた。父と母はそれぞれ大きなリュックサックを担ぎ五年生の姉は生後五カ月の末の妹を背負った。二年生の私は自分のものを詰め込んだリュックを担ぎ、三歳半の次の妹は父のリュックの上に肩車された。

闇の中、さわさわと人の集まる気配、満州電電、満鉄、興農会の人々、父の勤める満州電業、教師、医師、満人街地に住む自由業の人々、近郊の開拓団の人々など、密かにこの日連絡をとりあって、貨物列車ではあったがやっとチャーターできた一回きりのこの引き揚げ列車で住み慣れた綏化《すいか》の街を脱出することになったのである。

途中襲撃されることを恐れ、寡黙のまま粛々と歩む真っ黒の集団、背の荷の重さに耐えきれず所々捨てられた荷が転がっていた。母も非常食の一つを惜しみながら捨てた。いま思えば乳飲み子を抱えての徒歩脱出、おむつからミルクまでどんなに大変なことであったろう。私のリュックの中には妹に必要な衣類の他に練乳の缶が一つ入っていた。それは生後五カ月の妹の万が一の時のための貴重なミルクだった。当時はもう練乳など手に入らなくなっていた。当時の私はこれをとてつもなく貴重なもののように思っていた。大事に持ち歩きどんなに飢えた時でもこれには手をつけなかった。

集団に後れまいと必死になって夜の道を急いだ。私にはひどく遠く思われた。そこは多分駅から少し離れた貨物列車用の引き込み線のある荷積み駅だったのではないかと思う。途中鶏が鳴き、犬がほえ、人々が起きだす気配の恐怖。それっ、と急ぐ行列。緊張と恐怖に疲れきっていた。

夜がしらじらと明け初めた頃、駅舎と黒々とした列車が前方に遠く見えた時の安堵。朝焼けの空はうっすら赤く、遠く黒いカラスの群れが朝の食餌を捜して飛び交っていたようなイメージが今も焼きついて離れない。

変電所の社宅

私たちが駅近くの電業社宅から、街の南郊外の変電所社宅に移ったのは、昭和十九年（一九四四年）の秋、南方の戦況もいよいよ切迫してきた頃だった。北満においても教師をはじめ多くの若手の男性はすでに応召していた。そんな中、新京（長春）の本社事業を補う意味もあってか、父は長春の本社勤務になったのである。そのとき母は末の妹をみごもっていたので、当分綏化《すいか》に残ることになり家族は南郊外の変電所に移住したのである。一年にも満たぬ短い期間であったが、私の綏化の記憶は主にこの変電所を中心にしたものである。放課後、ランドセルを背に学校の裏門を出て帰宅する道中、しばらく行くと赤十字病院があり、そこを通り抜けると満人街に入る大通りの入り口に出る。かつて城門があったところである。その角に大和旅館があった。姉のクラスメイトの女の子の家でもあった。その十字路を南に進むと道路の右手は深い堀になり、わずかな水が流れ幾つかの橋がかかっていた。川の向こう岸の土手には満人住宅の土塀が並んでいた。土塀には窓一つなくしっかり土で固められ、内部の様子は皆目うかがい知ることのできないものだった。後に知ることだが窓のない壁は旧い城壁跡だったらしい。

　変電所の社宅は二軒ずつ連なった煉瓦の平屋づくりで四棟ほどあったろうか。壁は灰色のコンクリート。冬季にはマイナス三十度にもなる厳寒の土地ゆえ、窓は二重窓、家の中心には天井まで達する真っ黒のペチカがあった。朝は姉と二人、帰りは一人、とぼとぼ歩く道は遠い遠い道のりのように思えた。冬期には吐く息が前髪にも帽子にも白い霜となってついた。堀の流れは波打ったまま凍り、朝は姉と一緒に凍った川の上を滑りながら登校した。

変電所からさらに南に進む道はそれにつづく森の中に消え、その向こうには何があるのか分からなかったが、あるとき髪を三つ編みにした現地の女学生たちが華やかに語り合いながら三々五々森の方へ歩んでいくのを見かけた。

これも後に知ることだが、その奥は軍の飛行場になっていたらしい。変電所は有刺鉄線で囲まれていて、そのずっと向こうに屠殺場があるのだといって姉は私を怖がらせた。

その頃の満州の都市構造は、旧市街に隣接して鉄道を敷設すると、駅舎の近くに陸軍駐屯地、満鉄社宅、満電、電電公社、病院、学校と日本人居留地が作られていたようだ。しかし満人街で商店を営む日本人もいて、そこから学校へ通ってくるクラスメイトもいた。

クラスにアレキセイという白系ロシア人の子供がいた。一年上なのだが日本語に慣れない子供のために父親が留年させていた。体が大きなロシア人である上に一年上なのだから私たちは彼の胸あたりまでしかない。いつもはにかんでいるように微笑していた。当時は戦時中とて保健衛生・健康増進がやかましく言われていた頃で、朝礼後、校庭での乾布摩擦は恒例の行事だった。また夏休み明けには〝日焼けくらべ〟があった。皆裸になって競い合う。彼も裸になるのだが白い肌ではにかんでいた。父親の希望により日本人の学校へ通っているということだった。

買い物や娯楽には満人の旧市街へ出かけていった。白系ロシア人のパン屋さんもあった。オカッパ頭の散髪には姉と二人で行かされた。大きな鏡の前に姉と二人座らせられると、白い布が巻きつけられ上機嫌の店の主人が片言の日本語で話しかけ、チョキチョキ鋏が入れられる。短くなった髪は気に入らなかったが、帰りにはつり銭で現地の子供たちが立ち売りしているひまわりの種などを買う楽しみがあった。なぜかその度に姉は

「お母さんに言ったらだめよ！」

と言うのである。だから家に着くまでにきれいに食べきってしまわなければならなかった。

映画を観に連れていってもらった記憶もある。その頃の映像としてのニュースは、映画の最初に大音声とともに戦況報告がなされるものだった。映画は多分宮澤賢治の「風の又三郎」だったのではないだろうか。

どっどど　どどうど　どどうど　どどう
青い　くるみも　吹きとばせ
すっぱい　くわりんも　ふきとばせ
どっどど　どどうど　どどうど　どどう

スクリーンの中を吹き抜ける風のイメージが脳裡に残っているが、映画の内容はほとんど理解してはいなかった。

昭和も二十年（一九四五年）に入り新学期になると、ほとんどの男性教師は召集を受け、学校へ行っても自習ばかり、時々教頭先生がまわってきて、いつも同じこと、「兎と亀」のところを読んでいなさいと言う。一年生の時担任だった女先生は本国へ帰国されたとか。

　そんな頃、父がまた綏化《すいか》勤務となって戻ってきたのである。幼い妹を含めて私たちが無事戦後を乗り切り帰国できたのは、ひとえに父が戻ってきたおかげだと思っている。恐らくは戦況厳しい中、本社は予測される将来を見すえて社員を家族のもとへ帰したのだろう。

終戦

　私たちはこの変電所で終戦を迎えた。北満という外地にいてこの困難な時を父たちはどのようにして迎えたのだろうか。その日、隣の家に集まって大人たちが終戦の詔勅を聞いていたことを覚えている。じりじりと日差しの照りつける暑い日だった。ただならぬ事が起こっていると感じつつ、子供たちは家の中まで入ることができず玄関前の庭で、隣の家が飼っている囲いの中の豚の親子を見ていた。ついこの間生まれた十四あまりの子豚たちが囲いの中で騒いでいた。

　そしてその後すぐ、一軒隣の社宅に住む主人がガス自殺を図ったのだ。子供のいない夫婦だった。

「大変だ!」の叫び声に、大人も子供も走った。その家の主人が奥さんを締め出して鍵をかけ、ペチカをもくもくと煙らせ自殺を図ったのだ。奥さんは締め出された勝手口の戸を泣きながら大声で叫び叩いていた。誰かが窓を割り壊した。中から扉が開くと、もくもくとした煙の中で主人が苦しみながら這い回っていた。現地人の社員なのだろうか、現地人の警察だったのだろうか、激しく棒でたたいて早くその家の主人を煙の中から追い出そうとしていた。何かしきりに吐きながらのたうち苦しみ這いずり回る姿は恐ろしく、またあまりにみじめで情けないものだった。

その後夫婦はどうなったのか、父母は何も語らず私も尋ねなかった。

この終戦のどさくさに父たちはどのようにして会社の処理をしたのだろう。日本人は全て追放となり、資産の凍結というなかで、会社の運営、電気機器の運転や技術の移管、移譲などが非常に困難な状況の中で穏便に行われたに違いない。

ある日、現地人の社員が姉と私を会社に招待してくれた。それまで、家族は現地の人との交流は全くなかったから今思えば、全ての電業業務の移譲を滞りなく父たちが行ったことへの返礼の意味だったのではないかと思う。それまで入ったことのない変電所の内部を案内し、機械の扱いなどについて丁寧に説明してくれた。思いもせぬ待遇に私たちはぴょんぴょん飛び跳ねて、少しばかりはしゃぎすぎていたかもしれない。数の数え方を教えてもらったり、名前の読み方を教えてもらったりした。私は龍子という名が「ロンズ」と美しい発音であることがいたく気に入っていた。

自宅へも招待してくれた。家の中心に土間とストーブがありその両脇が板張りの居住空間になっている伝統的中国の住宅もこのとき初めて見るものだった。綏化《すいか》脱出の日、私と姉が着ていた綿入れの上下服はこの頃彼の奥さんが作ってくれたものであった。最初中国風の刺しゅう入りの靴はどうかと問い合わせがあって、このとき、母の着物を表地に使って姉と私の綿入れの上下服を作ってほしいと頼んだらしい。いまから寒さに向かう引き揚げの日のためであった。

この綿入れの上下服の胸に、母はハガキ大の白い大きい布を縫いつけた。そこには日本国から始まる祖父の住所と名前が記されていた。親と離れ一人ぼっちになっても帰れるように何度も読み方の練習をさせられ、オカザキゲンゴロウと祖父の名を暗唱させせられた。

逃避行

私たちがようよう綏化《すいか》を後にしたのは、九月末になってからであった。満語の達者な父はその間街へ出ていろいろ情報を集めているようだった。植民地で敗戦を迎えた大人たちの心労はどれほどのものだったろう。列車は動かず、引き揚げようにもその手立ては皆目つかなかった。学校や病院はすでに国境近くの街や開拓団の人たちの収容施設になっていた。

京都府城陽市の内藤玲子さんの文章によると、当時ソ満国境の佳木斯《じゃむす》に住んでいた内藤さんは当時九歳、八月九日ソ連が参戦、黒竜江から松花江をさかのぼって侵攻してくるソ連軍、頭上を飛ぶソ連機に追われ、無蓋貨車と徒歩で三百五十キロ程西方へ離れた綏化にまず避難したという。やっと綏化までたどり着いた時には八月も二十日になっていたそうだ。畳の剥ぎとられた開拓村跡の空き家で雑居生活をするが、臨月だった母親はここで出産。さらに九月に入ってソ連軍からの移動命令で捕虜収容所に集合させられることになったという。そこはあの旧日本軍の飛行場のコンクリートの上だった。後々に知ったことだが同じ時、同じ土地におられたのだ。当時二歳だった妹はここで死亡。垂れ流しの掘立便所からは下痢便があふれだし、このときコレラが流行したという。

戦後四十年、残留孤児の問題が明るみになった頃の文章で、「どうしてあの時中国人に預かって頂くことを思いつかなかったのか、――もし預ける勇気を持っていたなら再び会える望みもあったのに――」と綴っておられる。翌年、厳寒の二月、避難した長春で母親と綏化で生まれた弟も死亡されたという。綏化で生まれた故に綏生《やすお》と名づけた弟も「出生届を書くことも無く、死亡届も書かれずに歴史の歯車の中に織り込まれることも無く、生きた証の一片も残すことも出来ずに幼い命がこの世から消滅していきました。」と綴っておられる。(『逃亡』―草生す屍―内藤玲子)

変電所の社宅で、私たちが初めてマンドリン風の大きな銃をかまえ、土足で民家に押入るソ連兵に驚かされたのもこの頃だった。

「ダワイ!」とはどういう意味なのか。唯一頼りにしていた父が両手を上げるみじめさ。時計、万年筆など、金目のものが彼らの目的であった。

その後は、夜になるとコツコツと隣の家との境、押入れのなかの煉瓦の壁に穴を開け、こちらへ来ればあちらへ、あちらへ来ればこちらへ、逃げ穴を作るのが大人の仕事となった。しかし完成してからはソ連兵の侵入はなく押入れの穴を利用したことはなかった。日本人が去った後、現地の人はこの穴を見つけ可笑しがったに違いない。

今は亡くなっておられるが、和歌山市の水原環さんも綏化《すいか》の街で終戦を迎えておられる。一九四五年も五月になってから興農金庫綏化支店長だった夫の召集。長春での収容所生活、その間五歳と七歳の子を亡くして一人引き揚げられた痛恨の思いの歌を多く残しておられる。

春五月夫三十六歳の背を見せて楡の道ゆき振り返らざりき

ふり向かず五月の道を征きし夫見えねど見えしその時の顔

夫征くを見送らぬ掟守りたる三十歳のわれの終生の悔

一本道添ひて歩まむ人恋しうつつに逢へぬと知りつつもなほ

七つと五つのまま年とらぬわが子らが雨夜無明の心を駆くる

逃げ水を追ひて駆けゆく緑の野子は遠く遠く振り向かぬまま

北緯五十三東経百三十二を地図に見る行き得ぬ街に夫は埋もる

捕虜夫の終焉は問わずと心きめ目をそらす戦友に向かひてゐたり

北安《ペイアン》よりブラゴヴェまでの捕虜の道地図たどる癖娘《こ》は今も知らぬ

冬枯れの梢に月の凍る夜も楡の木の家灯は明かりき

綏化に敗戦聞きし日の夕日にまさる赤さに再びあはず

水原環（『女性のための短歌案内』木下美代子著　をりをりの歌）から

一九四五年九月末、やっと調達したこの引き揚げの貨物列車で、内藤さんも水原さんもともに綏化《すいか》を後にし長春をめざしたらしい。十幾輛も連ねた長いながい貨物列車だったが、ハルビンに到着するや私たちはまた別の貨車に乗り換えねばならなかった。

プラットフォームは大きなリュックを担ぎ、幼い子の手を引く人々の群れで混雑していた。その時、南へ向かう列車を待つプラットフォームに、北へ向かう列車が入ってきた。私たちの貨物列車にくらべそれらは客車だったと思う。すずなりに兵士たちを乗せた列車は駅構内に入るとスピードを落とし、プラットフォームをゆっくり進む。一瞬の出来事であった。群れる人々の驚き。列車の兵士たちはそれぞれ身を乗り出し、

「○○県の人はいませんか！」「○○市の人はいませんか！」と大声で叫んでいる。

プラットフォームの人々も総立ち、ただ手を振る以外何ができよう。

シベリアへと手を振り叫ぶ兵士列車我初めて見ぬ父の涙を

ただ驚愕の状況のなかで、父親の涙が何を意味するのか、敗戦の無念の涙なのか、

兵士たちの行き先を思いやっての涙なのか、当時の私にはよく分からなかった。ただ自分たちが大変な状況の中にあることを感じとった。

後に知ることだが、武装解除後列車に乗せられた兵士たちは行き先も告げられず、最初は日本へ送還されるのだと思い込んだという。列車が北へ向かうにつれ怪しみだし、シベリアへ向かうらしいと知ったという。

長春（新京）へ

水原環さんの手記によると、綏化《すいか》を出てから長春（新京）に着くまでに七日かかったという。ハルビンで乗り換えるのに一日要したとしても、この長さはどうしたものだろう。ハルビンから長春まで今では三時間余りの距離だからである。

七歳だった私の記憶にも列車は各駅ごとに停まり、なかなか動こうとしなかった。発車を促すにはその都度交渉しなければならなかったし、交渉はなかなかまとまらなかった。父は隠し持っていた時計を出した、ある時には男は使役に出るよう命令があった。父親を送り出す時の不安。六日間の貨物列車の旅。食料の補給、水の補給は全くなかった。トイレも妹のおむつを使った。大人は停車中の線路わきで済ましたのか、急に発車する場合はなかったのだろうか。

この悲惨な避難行を水原環さんは次のように記しておられる。


その夕刻、子連れは有蓋、他は無蓋の貨車に乗って南へ向かって出発した。乗車の時「絶対に新京（長春）までは団と行動を共にすること、非常事態が起きても単独行動はつつしめ、自分の命は自分で守り抜け、皆の命にかかわるような時幼子が泣けば母親が始末せよ。」と注意されて貨車の戸を閉じた。車内は真っ暗である。

しばらく走って停車すると、車外は騒がしく満語とロシア語が聞こえる。距離不明の悲鳴が近づく。貨車の外でロシア語の怒鳴り声といっしょに激しく戸を叩き出した。巨大な物で戸を破り始め、貨車がゆらめく。皆は反対側に一かたまりに身をひそませ恐怖にふるえた。やがて破れかけた戸をレールを梃子にしてこじあけた。ソ連兵が二人自動小銃を向けて入って来た。怯えきった女の顔一人一人に光を照らしながらあごを持ち上げる。血が音を立てて下るのを耳の奥に感じた。一カ月余りの疲労と垢まみれの不潔さで乞食のような姿に驚いたのか、何事もなく引き返して行った。入り口に近い荷物は暴徒が公然と持ち去った。

そこは双城堡《シュアンチャンバオ》駅であった。昼、発車の際に朱房の槍を手に暴徒が乗り込み、走行中の列車から手当たり次第に荷物を放り出した。線路沿いに拾い役が立っているのが見える。線路のカーブにかかると前方車も、いっせいに掠奪されているのが見える。私たちは大きく開いた出口から転落しないよう懸命に庇いあった。

水筒は空になり渇きを訴える子に与える水はどこにもない。渇いた自分の少しの唾の湿りを二人の子に口うつしをして、こんな喉の渇いた時にも出る涙がうらめしかった。

夕刻列車がまた停まり、ソ連兵が入って来た。子供は皆反射的に母親にしがみつく。取られるものが何もなくなった今、母子の命を守るだけと少し大胆になっていた。誰も少しずつそう思った油断を捕えたように、十三歳の少女をいきなりソ連兵が抱きかかえた。私は咄嗟に子を抱きしめ顔を伏せた。他の人を見る余裕はない。少女の抵抗する悲鳴が狭い貨車に響き、助けようとする母親の殴られる音、叫び、やがて少女の悲鳴が弱り声もしなくなった。長い時間を感じた。ソ連兵が去った。呆然とした母親も少女の顔も痣が一面で、気絶して横たわる少女の姿にありあわせの布きれを覆う外は今過ぎた事件への慰めは誰も口にはしなかった

水原環（『逃亡』―草生す屍―新京まで）より

瞬時のち命わからぬ逃避行　すてしにあらずすてられしにあらず

「声を立つる子殺せ」と闇の夜の逃避の群れへ命は下りき

ソ連兵に犯さるるは十三の少女なりき誰も無視するさまよそおいき

銃剣の前にうつむき二児抱きしめ血の逆流を裡に堪えたり

犯さるる犠牲者見つつ身の安堵覚えし鬼心を我も持ちにき

「野良犬に噛まれたと思え」となだめられし人のそのあと何もわからぬ

水原環　同人歌誌『冬芽』55号83夏より

ハルビンで乗り換えた時、最初私たちに割り当てられたのは恐らく伐り出したままの材木運搬用なのだろう、枠さえない底板一枚だけの貨車だった。大人たちは不安がりながらも荷物を中心に積み、縄をかけ人がその周りに座ることになったが、また間もなく乗り換えることになった。水原さんの手記にあるように子連れは有蓋、他は無蓋と変更になったからであろう。有蓋車にはのぞき窓一つなかった。水原さんと同じ貨車だったかどうかは分からない。しかし暗闇の中の停車中、外に騒がしい声が聞こえ、物音を立てないよう息をひそめていなければならなかったこと。母は乳も出なくなっていて、生後六カ月の妹が泣き止まず、「殺せ！」という怒号に、妹の口をふさぎ何度殺そうとしたことか、と語っていた。

またソ連兵が踏み込んできた時の恐怖。避難時には皆大きな防空頭巾をかぶっていたが大人と間違われないよう、母が引っ張って頭巾を脱がしたことなどを覚えている。

やっと長春（新京）に着いた時、私はもう歩けなくなっていた。リュックを担ぐ父と母の腕にぶら下がって駅を出た。その頃児玉公園（現在の勝利公園）と言っていた駅近くの公園に移動し私たちはそこに倒れこんだ。そこで私たちは水や巻き寿司の補給をうけた。その頃、各地から避難してくる人々を援助するため急きょ組織された「日本人居留民会」の組織があったのだと思う。

私たちはそこでそれぞれの所属する会社や団体の迎えを待った。

新京での生活

一九四五年・秋～一九四六年・春

やがて私たちは荷車の出迎えを受け、電業の独身寮に入った。そこは大同大街（現在のスターリン大街）を南に下って吉林路との交差点から南東につづく電業社宅の一角だった。

私たち家族は二階建ての長い廊下のつきあたり、一階のわりと大きな部屋が割り当てられた。同居者として東北訛りの強い中年のおじさんがいた。食糧が十分でない時の、このおじさんの大食いが母の悩みの一つだった。食事は共同炊事で、食事時にはアルミ鍋を二つ持っていき、一つは南瓜の味噌汁、一つは高粱飯をもらった。

新京（長春）は満州国の首都として満州中心部の平原に計画的に設計建設された都市である。当時ヨーロッパを模して造られたという風格ある建物群は、今も銀行や医科大学として使われている。当時はソ連軍の占領下にあり日本人は公職から追放されてはいたが、住民はそのままの住居にすんでいた。

日本へいつ帰れるか全くあてもなく、避難してきた人々は生活の糧をうる方法を考えなければならなかった。近くにそんな人々が集まる日本人市場ができていた。父はまず豆腐商いを始めた。電業社員は追放になってはいるものの、熱源としての電気は自由に使えたらしく、電業社員の中には豆腐製造をしている者もいて、父はその担ぎ商いを始めたのである。慣れない天秤棒で重い豆腐を担ぎ「豆腐！　豆腐！」と売り歩く今までとは全く異なった父の姿は、母の言葉から想像するだけだった。一日の仕事の後、父は肩をひどく痛がっていた。売れ残った豆腐は家族が食べるのである。子供のためにと貰ってきた豆乳もあまりおいしいとは思えなかった。

私たちの入った突き当りの部屋は、寮の集会室のような所だったのかもしれない。二階にも同じような部屋があって空き部屋になっていた。物入れに雑誌やきれいな端切れが沢山あるのを見つけ、そこはかっこうの私の遊び場となった。

寮の周りにはコンクリートの塀がめぐらされていて赤いレンガの破片などが散乱していた。一人黙々とそのレンガを積み重ねたりこすったりして遊んでいた。

綏化《すいか》の社宅で隣だった太田さんの家族は、二階の二間つづきの部屋の奥の方になった。綏化にいた頃はよく行き来した三人の子供たち、中の男の子は次の妹と同じ年でよく遊んでいた。入り口の方の部屋はまた別の家族だった。

満州の冬は早い。十一月に入ると凍てつく日が多くなり、栄養失調にこたえる寒さから命を全うできなくなった人がぼつぼつと現れる。寮住まいの人々にとっては弔う方法もなく、ただ寮の後ろの塀のわきに穴を掘りひっそりと葬られる。こうした土盛りの墓が一つ二つと増えていく頃、太田さんの三人の子供が次々と亡くなった。やがてその母親も亡くなるのだが、入り口の部屋の住人が言うのには、ある夜三人の子供が手をつないで入り口に現れ、隣の母親の部屋へ入っていったという。隣の部屋から子供たちに語りかける母親の苦しげな声がしたのだという。そんな怪談めいた話は子供の私をひどく怖がらせた。

鏡さんの家

父は友人と一緒に市場の一角を借り、以前から新京にいる人たちより委託された衣料品などを売る店を開いた。新京の人たちも生活のために手持ちの物を売らなければならなかったからである。しかし難民の集う市場で贅沢品ともみえる衣料や装身具は売れるはずもなかっただろう。

私は母にせがんでこの父の店の傍らで菓子売りをした記憶がある。なぜならこの頃子供たちは市場に立って餅や菓子などの立ち売りをしていたからである。机の引き出しに菓子を並べ、窓ガラスを外して上に乗せる。引き出しの向こう側に紐をつけ首にかけて胸の前にもつ。

「お菓子は如何ですか。奥さん買ってください」というのが妹たちとのままごと遊びの台詞だったが、本番になるとなかなか声が出ず売れた記憶はない。私は食べたさをこらえ、売り物を箱の中であちこちずらして並べかえるばかりだった。

そんな頃独身寮での冬越しをあんじた父は、鏡さんという電業重役の役職を持つ人の家を見つけてきた。なんでも主人は電業の責任者として拘置されているとのこと、主人が留守で心配だということで私たちはその家に入ることになった。奥さんは出産後まもなく、まだ幼い女の子と女学校を出たばかりのお手伝いのお姉さんと住んでいた。女の子はマキちゃんといって次の妹と同じ年、よい遊び相手になった。いつも髪を三つ編みにして肩に垂らしていたお手伝いのお姉さんは「ねえや」と呼ばれることをひどく嫌がっていた。

広い庭にコンクリートの塀をめぐらした邸宅と言ってもいいところだった。表玄関から入ると廊下から続く応接用の和室と洋間があった。私たちは和室の部分だけを借りることになった。電気は自由に使えるので暖房、台所、風呂にいたるまで熱源はすべて電熱だった。窓は二重窓であっても冬期には窓が凍って霜で真っ白になる。窓や扉、障子などあらゆる隙間に新聞紙で目張りをした。体の弱い妹たちが命長らえることができたのはひとえにこの家のおかげであると思っている。

この家に移ってから、父と母は電熱を使っての納豆作りを始めた。大豆を軟らかくていた。

煮、藁づとにつめる。そして電気炬燵で一定の温度に保つ。翌朝早く父と母、それに姉とが売りに出かける。小学五年生だった姉は、一軒一軒住宅の戸を叩いて売り歩いていた。

二年生だった私は七カ月の妹を背にくくりつけられ絶対におろしてはいけないと命ぜられた。長時間のおんぶは骨身にこたえるものだった。時々出窓の所に妹の尻をのせて寄りかかるのだが重さに耐えきれず、おろして粥など食べさせた記憶がある。ともかくこの冬を乗り切るために父も母も必死だった。

私たちの部屋の前の廊下、そこからは表門につづく玄関が見えた。窓下には納豆藁のすき屑、わらしべが山になって積まれていた。鏡さんの生まれて間もない坊やが亡くなった時、奥さんは一人この藁を使って坊やを茶毘に付した。おそらく父親の留守の間に生まれそして亡くなったのに違いない。燃やす藁を足しながら奥さんは一人何かを呟いていた。見ているものは妹を背にした留守番の私だけだった。

またある時、ソ連兵に追われた日本人の男が塀を乗り越えこの藁の山に隠れたことがあった。追ってきたソ連兵は何度も銃剣で刺し、死んだ男を連れ去るという怖い事件もあった。後の国民党と八路軍の内戦の折には、この窓下に大砲弾が落ち大きな穴となった。

　年末になって鏡さんの主人が釈放されて帰ってきた。初老の優しい人だった。拘置されている間に体を壊したのかいつも居間の椅子に腰かけていた。あるとき鏡さんの居間で遊んでいると、

「象はどうやって鳴くのか知っているかい？」と尋ねる。いったいどうやって鳴くのだろう？　といぶかっていると笑いながら、

「ゾウ！　ゾウ！」と鳴くのだという。子供たちは笑い転げる。

「マメないい子だ」と言われ、本当に自分がいい子のように思えてうれしかった。

　鏡さんの主人が帰ってきて間もない頃、ある時若いソ連の将校が玄関の戸を叩くという事件があった。ソ連兵が来れば直ちに女たちは隠れるということになっていた。鏡さんの主人に尋ねると、丁寧に迎え入れなさいという。将校服の彼は銃は持っていなかった。きちんと靴を脱ぎ、鏡さんの主人と対座した。若いロシアの青年は美しい。言葉が通じないため、子供たちに取り巻かれただ微笑み合っているだけである。やがてそのまま帰っていった。家のたたずまいから美しい婦人がいるかもしれないと思ってやって来たのだろうか。占領軍ソ連の撤退も近いと伝えられていた頃のこととて、

日本人家庭の様子を見にやって来たのだろうか。

　年が明けてから父や母は納豆作りをやめ、油揚げ作りをすることになった。豆腐は例の電業豆腐だったのだろう。水切りした豆腐を父と母は薄切りにし、出窓の布を敷いたところに一枚一枚丁寧に並べ、さらに白い布をかぶせて水切りをする。最初はぬるい油でゆっくり揚げ充分膨らませてから今度は熱い油でジュッと揚げる。これを一部屋きりの畳の部屋の片隅で、電気コンロを用いて揚げるのである。もう一方の片隅には電気コンロを用いた炬燵があり子供たちの居場所だった。

　油揚げ作りは一番長く続いた仕事だった。油揚げを買いに来る人も多くなった。それはいなり寿司を作って売る人だったり、アイスクリームを作って売る人が買いに来たりした。ちょっと試食させてもらったいなり寿司やアイスクリームのあの美味しい味は今も忘れられない。大人も子供もみな飢えていた。次の三歳半の妹については、母はよく言っていた。市場へ連れていっても「お母さん、お金儲けたら買ってね」と言うだけだったとか。

　父や母が姉を連れて油揚げを売りに出ている間、私は七カ月の末の妹をおぶい、三歳半の次の妹と留守番の明け暮れだった。時には娘々《にゃんにゃん》祭りの笛や太鼓の音が聞こえたが、門まで出てみても、どこから聞こえてくるのか分からなかった。

「あっちの方かな？」と想像してみるのだが、新京の街は私にはてんで想像もつかない未知の街だった。その頃は国民党の支配下になっていた。門から道路の方を見ていると、よく青い制服の将校風の青年が、自転車の後ろにチャイナドレスを着た女性を乗せていくのが見えた。それは子供心にも美しいものに見えた。春は遅かったが、樹の枝の皮をむくと樹皮の内側はみずみずしい若草色だった。やがてその木から桃の花が咲いた。

水原環さんの手記によると、新京の駅に着いた後、興農銀行の独身寮・長春興安荘に入られたという。銀行関係の建物は駅前から南へ延びる大同大街（大路）の中心大同広場のロータリーのところに、市の庁舎や首都警察庁などと並んであった。中央銀行はギリシャ建築風の太く丈高い大理石の柱が並び立ち、装飾のあるドーム状の高い飾り天井をもつ壮大な建物であった。それらは新首都建設のため当時の日本が国の威信をかけて建設した幾つかの建築群の一つで、今も新中国人民銀行として使われている。

当時、銀行の社宅もそこから延びる興安大路（現在の西安大路）沿いにあった。あの日、新京に着いた日に駅から出て休憩し、水原さんが入られたという興安荘は、それぞれが迎えを待った児玉公園（勝利公園）からすぐ南へ下ったところであり、電業社宅よりずっと駅に近い。

水原さんは一九八〇年春、日中友好条約ができて日本から旅行者が入れるようになるとすぐ、北京に入り長春からハルビンへと旅をしておられる。しかしその頃は綏化《すいか》はまだ未開放都市で行くことができなかった。長春への旅では興安荘での日々の記憶を次のように語っておられる。


楡の並木通りのあるそこに一年住み、七歳と五歳の子を死なせた興安荘といったビルが、今もそのまま見えてきた。窓に一つ灯りが点っている。あの部屋に私の子供が今も、笑って帰りを迎えてくれるのではなかろうか。

次女が死んだのは内戦間近い五月六日、追うように長男も死んだ時、帰国などはもうどうでもよかった。生きる苦しみを逃れたい思いばかりがつのった。私を見守ってくれる人の温情に逆らえなくて、死ねなかった興安荘の仮住居の

孤独な日々。私は街路の楡のかたわらにビルを仰いでたち、去り難い思いに泣いた。（水原環『冬芽』いつかきた道）

人住まぬ偽装に火を燃やすことを避け酷寒の長春に若く耐えたり

母と子が生きて故国に帰るべく長春の冬を餅売りて立ちぬ

ソ連兵になつく幼も日本人かたき黒パン細き手に抱く

ソ連兵引き上げ近しと聞きし日のうわさ一つにほのぼのとせり

雪散らすソ連戦車の巨大さは無心幼児の好奇心わかす

父母あれば他にほしきもの何もなくパンを抱える幼は天使

靴下に入れれば入る米一升ただ二合買ひて子らの粥炊く

花子《ホワズ》（乞食）まで落つれば命絶つのみと無心の吾子がせがむ菓子買う

うち連れて空高々と鳥渡る国境もたぬものうらやまし

「お母さん鳥になりたいネ」と云ひし娘は七歳の五月飛び立ち逝きぬ

敗け戦に幼きいのち苦しみて二人児逝きぬ五月六月

収容所のすがれ夏草掘り起し葬いの盛り土また一つふゆ

迎春の高脚踊りを追い行きて迷いし子等も今は世になく

花も供えず吾子の柩を焼きたりき長春の野に内戦荒れて

哀惜はつつみて生きて逝きし子を問わるる慚愧われの残生

去りし日と変わらぬままの長春に異邦人我今日来て歩む

水原環―同人歌誌（『冬芽』56～59号83～84年）より

中国旅行が可能となって、水原環さんが新京、ハルビンを訪れた頃、私も行きたがらない父母を無理に誘って同じ行程を旅行している。この頃の旅行者は失った幼子の眠る土地の確認のためとか、過去の事跡の追認の人々が多かった。長春を後にしてすでに三十五年を経、記憶の中の街の様子とは全く異なっていた。街は文化大革命が終わって開放経済に入ったばかり、自由市場といって自家製の農産物を売る人々の姿が見られたが、その頃は露地に敷物をしいて売る人々だった。百貨店も開かれていたが商品の質素さと少なさ、伝票をきって一カ所の支払い所で清算するという支払方法の複雑さが印象に残っている。街は「唾を吐くな」「ゴミを捨てるな」と標語だらけ、濃い緑色のごみ箱が道路わきに置かれていた。車を停めるとたちまちに人だかりとなって車の中を覗きこむ人々、今の中国の様子を考えると、全く隔世の感がある。

その時には鏡さんの家も見つけることができた。私の記憶の中の家とは全く異なる様子にがっかりした。家はすすけ、出窓の屋根には唐辛子やとうもろこしが干してある。塀の外から見るだけだったが、大きく伸びたひまわりの花が幾つものぞいていた。表玄関と勝手口を入り口に分けて何家族かで棲み分けているように見えた。

その頃の中国は住宅は政府から配布されるものであったため、小住宅の場合でも一軒の家はたいていは二家族、表玄関と勝手口と入り口を別にして中仕切りをし、使っているようだった。二階家の場合はこれも玄関と勝手口と二つを入り口にして二階と一階を仕切って棲み分けていた。

長春（新京）という街

長春が旧満州の首都となったのは一九三二年、瀋陽やハルピンのような大都市ではなく、当時人口十三万の中規模都市であったという。ロシアが敷設した東清鉄道の長春駅は寛城子《クワンチャンズ》駅といい長春城より北方十華里（一華里＝〇・五キロ）にあった。線路の両側と駅を中心とする地区がロシアの鉄道付属地と称する租借地であった。これが日露戦争の結果日本側に譲渡され満鉄付属地となった。

長春の地はもとはモンゴル族の公王札薩克《ジヤサツク》の領地であり、内蒙古郭爾羅斯《ゴルロス》前旗に属していた。東清鉄道の東側に沿って清代にはすでに柳条辺牆《リユウチアオビエンチヤン》が築かれていた。西からの蒙人の侵入を防ぐためであり、高さ数メートルの土堆で柳樹の柵が設けられていたという。つまり柳条牆の西側、満州平原の西半分は蒙地であった。清朝は満州族故地への漢人、蒙古人の侵入を禁止する満州封禁の政策を採っていた。最初に封禁が破られたのは長春、吉林の一帯であったという。この頃は漢人の地主が多くなっていたがもともと蒙公王の所有地であるため正式な地券「白契《バイチー》」とよばれる売買契約の証書しかなかったため間に立つ現地の役人が私腹を肥やすことが常態であった。新京付属地の用地買収にあたっては地主の他に郭爾羅斯前旗王府にも別に金を納めたという。小都市ながら旧長春には城壁が築かれ、城壕がほられていた。城門も九門あり、城壁の高さは一丈五尺だったという。

新京（寛城子）は旧市街に北方十華里離れていたが、その中間区域には現地中国政府によって商埠地（開市場）が設けられた。鉄道付属地が都市計画によって整備発展するにつれ、当初はこれに対抗しようとするものであったという。首都新京はこの三種類のもざいく市街地がつながって一つの大都市になったのだった。（『満州国の首都計画』越沢明）

母はこの満人街へ行くと安く買えるという話を聞いてきて、リュクサックを担ぎ米や高粱などの買い出しに出かけていた。満人街は私たちの住む電業社宅から幾キロも歩かねばならぬ距離にあった。ある日買い出しから帰って、汗を拭きふきその安さを自慢げに父に話していると、

「そんな重さをお前が担げるはずがない」と父が言う。

なんと一斤の重さを半分にごまかされていたらしい。

内戦

三月には瀋陽では国民党政府の接収が始まり、長春でも四月でソ連軍は撤兵し、五月には国民党政府の支配下となった。国民党政府は八月十四日スターリンとの間に「中ソ友好同盟条約」を調印して、満州での国家主権行使の約束を得ていたからである。

五月二十三日蒋介石夫妻は瀋陽にあったという。

内戦は予告なしに突如始まった。母が満人街に買い出しに出ていた時である。突如道路の封鎖が始まり、人々は騒ぎながら走り出す。

「八路《パーロ》だ！」

砲撃の近づいてくる音。母たちはほうほうのていで帰ってきた。もう少しで帰れなくなるところだと言って。

戦闘は幾日つづいただろうか。難民市場の近くに白梅会館というのがあり、そこが国民党軍の本拠地になっており、銃弾はそこへ向かって放たれているのだという。しかし砲弾の音は散発的だった。塀の外を倒れた兵士を引きずっていくのが見えたと姉が言う。赤い旗はなんだろうと。

私たちは鏡さんの台所の一段低くなったコンクリートの貯蔵室に集まって幾日かを過ごした。食糧は売ることのできなくなった油揚げだった。内戦の日々はこの油揚げがかちかちに干からびるほどの日数だったのだと思う。砲弾の合間をぬって買いに来る人もいた。電業社宅に住む人にも流れ弾が当たって死者が出たということだった。

八路軍

やがて国民党軍は去り、八路軍がやって来た。そして鏡さんの家は八路軍の一小隊の宿舎になった。その頃、鏡さんの家はすでに私たち家族の他に二家族が間借りしていた。一つの家族は玄関近くの使用人用の四畳半の部屋に、もう一つの家族はこれも玄関近くの幾段か高くしつらえた上客用の座敷を使っていた。そこへ二十人あまりの小隊がやって来たのだ。鏡さんの主人は間借り人はそのままに、自分たちが使っている二間つづきの和室を提供した。それと玄関から扉で仕切られた客用の廊下の奥の洋間を提供した。そこは私たちが使っている和室の横を通って奥に通ずる部屋だった。そして鏡さんの家族は茶の間だけに入った。

兵士たちが食事をしていたような記憶はない。恐らく食事や訓練は別の所に集合して行い、宿泊だけの接収だったのだろう。

トテトテタッター　トテトテター

朝、年かさの兵士が庭に出てラッパを吹く。すると皆起きだして隊列を組んでどこかへ出かけていき、夕方になると帰ってきた。濃い灰色の鍔のある丸い帽子と同じ灰色の上下服の若い兵士たちだった。

夜、くつろいでいる兵士たちの部屋へ、姉は踊りを見せようとよく私を連れていった。恐らくは綏化にいた頃、子供たちは陸軍病院へ慰問に行かなければならないと学校で教えられていたからであろう。兵隊さんには慰問をするものだと思っていたのだ。

母さんお肩を叩きましょー
タントン　タントン　タントントン
お縁側には　陽がいっぱい
タントン　タントン　タントントン

私は座って姉の歌に合わせて首を傾けるだけ、そんな私の周りを姉は歌いながらぐるぐる回って踊るのである。

押入れは上官のベッドになっているようだった。夕食後の休憩時、言葉は全く通じないのだが、やんややんやと喝采して喜んでくれた。少年のような若い兵士もいた。

私たちの部屋の横を通る廊下のつきあたりの洋間は幹部四、五人の部屋に使われた。おそるおそる覗く私たちにとって応接セットの置かれた洋間は初めて見るものだった。父親くらいの人がくつろいでいた。そして私たちに「東方紅」の歌を教えてくれるのだった。

東方紅太陽昇　中国出了个毛沢東
他為人民謀幸福　呼儿嗨喲　他是人民大救星

………………

それが私には
太陽方《タイヤンホウ》　太陽《タイヤン》シャン――
と聞こえ、太陽の歌だとばかり思っていた。
その頃日本人の家屋は水洗式になっていた。トイレの使い方が分からないこと、また粗末な大量食のせいであろう、汚した便の量の多さに大人たちは悩まされた。石炭が手に入らないということもあって、風呂は湯ぶねに直接ニクロム線を入れて電熱で沸かしていた。ビリビリ通電する湯に驚いて飛び出してきたことなど、彼らのとの共同生活のことは、大人たちの口から聞いたことだ。

一九四六年・夏

引き揚げ

そしてまた市街戦が始まった。八路軍の兵士たちの撤退は早かった。国民党軍にはアメリカ極東軍の後方支援があり、五月には北京、天津にアメリカ海兵隊が入っていたという。

四六年四月には中国からの日本軍の引き揚げが完了している。民間人の日本への引き揚げは五月から始まり、十月中旬頃まで続いた。この間の引き揚げ者数は百一万余りだったという。私たちの引き揚げは八月になってからであった。長春に設置された「東北地方日本人救済総会」によると四五年秋当時の在満日本人の概数は百六十万あ

まりだったという。（『満蒙終戦史』満蒙同胞援護会）

軍人の帰国が優先されたことについては、ポッダム宣言には日本軍隊の本国帰還は義務づけられているが一般国民の引き揚げは強制されていなかった。それゆえ一般人はできるだけ現地に定着するのが望ましいとされたのである。八月十四日外務省は在外公館に「一般方針として在留民はできる限り定着の方針をとる」と訓令を発している。「土着セシメ国籍ヲ失フモ可」というのが国の方針であったという。また「（海外にある軍隊は）止むを得ざれば、当分その若干を現地に残留せしむることに同意す」、「賠償として、一部の労力を提供することには同意す」というのが終戦前後の最高方針だったという。（『満州難民祖国はありや』坂本龍彦）

しかし武器を持って侵入したものは、軍隊が去ったこの地に残ることはできなかった。国境付近に開拓村が取り残されたことも、シベリア抑留や民間人に多大の犠牲が生じたこともこのあたりに原因があるのだろうか。

水原さんたちが佐世保に還りついたのは十月四日だった。私たちは「興安丸」で八月に博多に着いているから二カ月余り後の船だったようだ。

引き揚げは遼東半島の葫蘆島《ころとう》より行われた。葫蘆島ではコレラが発生、乗船までに二週間あまりかかった。水原さんたちは「辰日丸」だった。引き揚げには米軍のＬＳＴ・Ｑ型輸送船などもつかわれたという。これは船首が観音開きになり、戦車、装甲車を陸揚げできる船である。

私の記憶の中では、葫蘆島での宿泊所は塀で囲まれた広い敷地に、軍の兵舎のような平屋の建物が幾棟も並んでいた。中は土間の通路が奥までつづき、その両側に板張りの就寝用の空間があった。広い庭にドラム缶ようのものが据えられ、炊き出しが行われていた。

広い広場を囲む塀ぞいに、満人たちの食べ物の屋台が沢山並んでいた。子供たちは毎日そこを巡り買い食いをした。満州紙幣の持ち出しは禁じられていたし、帰国したら何の役にもたたない。親たちも今は心を許し、気ままな買い食いを許していた。だから炊き出しの食事が粗末な物でも一向に気にならず楽しかった。

ただ連日のような白い粉末のＤＤＴ消毒に悩まされた。髪も体も真っ白になり、トイレの踏み板はくっきり足跡が付くくらいＤＤＴが撒かれていた。

貴金属の持ち出しは禁じられていた。大人たちは飴などの中に隠す話をしていたが、実際に検閲などがあった様子はなかった。待ちに待ったいよいよ乗船という日、その日は大そう暑い日で船着き場の広場には、大勢が幾列もの行列になって待つ。船にはなかなか乗れなかった。

いざや帰らん
帰還船辰日丸の接岸を葫蘆島の港に伏し拝みたり
満潮時には乗船しがたき葫蘆島に残暑浴びつつ立ちつくししよ
位階富貴みな失いし引き揚げ者の顔おしなべて素直に侘びし
引き揚げ者の持つ荷貧しくうらはらに明日への憂い日毎ふくらむ
父母に背き渡りし海の道敗れてもどる足の重さよ

過去剥がれ明日定まらぬ引き揚げ船に夜ごと演芸もりあがりたる

引き揚げ船にはじめて聞きしリンゴの唄上陸までに誰もおぼえし

邯鄲の夢口惜しき十年よ満州は沈みぬ水平線に

水原環―同人歌誌『冬芽』62号85春より

合図の汽笛が鳴り、いよいよ船が葫蘆島の港を離れるとき、姉に促されて私たちは「満州の歌」を歌った。しかし周りのざわめきと船の騒音のために、自分の耳にさえよくは聞こえなかった。

強い北風吹いたとて
驚くような子供じゃないよ
満州育ちのわたしたち
…………………………

還りゆく故国のなにか知らぬまま生まれし土地に別れを告げき

水原さんたちと同じ船ではなかったが、同時期同じ環境のもとで行われる行動はよく似たものであるらしい。私たちの船でも夜ごと演芸会が行われた。その時にも、芸事の好きな姉は隣のおばさんに習ったあの川中島の唄を「鞭聲粛々　夜川を渡る　暁に見る千兵……」などと歌いながら踊って拍手をもらっていた。また日本で流行っているという「リンゴの歌」を新鮮な思いで聞き、皆で歌った。

私たちの船は貨物船で、私たちに割り当てられた場所は梯子状の鉄製の階段を幾層もおりた船底だった。上から落ちて怪我人が出たこと、やっとここまで来て命を落とす人もいて海に水葬される人もいた。そしてここでも悲しいことに私たちは階段下の皆が荷物をかためて置いてあるところでリュック一つを失った。幾日もの船中での食事は軍隊用の乾パン。消しゴム大のおおきさに二つ小さな穴がついている。なんでもどんぐりの粉だということだった。トイレの落とし穴からは下を覗くと青い波打つ海が見えた。

水原環さんのこと

一九九九年夏、私は宮井美典さんの突然の訪問を受けた。宮井美典さんは水原環さんの娘さんである。宮井さんは「水月会」(注)(一般社団法人)の機関誌で、私たちが綏化《すいか》に友好学校を作ろうとしていることを知って訪ねてこられたのだ。ここに掲載した水原環さん歌集と、綏化に旅行された折の写真を持ってこられた。宮井さんは綏化国民小学校に一年在学、終戦前の一九四四年父母と帰国した折、日本で教育を受けるために和歌山の祖父母の家に一人残されたとか。綏化国民小学校でのクラスメイトを一人も見つけられないでいた私には大変な驚きであった。加えて彼女は幼かったにもかかわらず綏化時代の記憶の鮮明なこと。満州で夫と幼い二人の子を失い、一人引き揚げてこられた母上の悲しみをそのまま引き継いでおられた。母上はたった一人無事残された娘、美典さんに苦労と悲しみの多くを語っておられたのだと思う。あるいは家族と離れて祖父母と日本にいるものの、思いはいつも父母の住む綏化へ走らせていたのだろうか。母上は一九八九年に亡くなっておられる。母上が存命の頃、綏化の街へも入れるようになってすぐ、宮井さんは一人綏化の街を訪ねておられる。そんな娘の様子を水原さんは次のように歌っている。

八月秋風冷たき街　水原　環

六歳の記憶たどりて父と在りし北の綏化へ娘は旅立ちぬ

侵入のことばに世論わく中国へわが危惧言わず娘を見送りぬ

心驕りしことなどあらずと言いがたし綏化に夫と在りしかの日

八月の綏化は秋の風吹きいんほろびし夢のあと追ふ娘にも

昔知る人らはあらず思い出の街ゆけばゆくほど空しかりしと

変貌の綏化の街を見て来たる娘は追憶を断ち切ると言う
楡茂るかの公館もなき今の夢の潰えを告げてさやけし
日本人のありし跡何も残さざる綏化は北にはるけく遠き
とおき国心は近き街綏化かの落陽のまぼろしを抱く
断ち切りし欲一つ一つ朱褪せて寡婦の八月いく日も残らぬ

水原環（同人歌誌『冬芽』）

水原さんの何よりもの無念は終戦直前の五月、応召された夫がソ連に連行され、移動中ブラゴヴェシチエンスクで力尽きて亡くなられたことだった。宮井さんは母上の亡くなられた後、母上に代わって黒河まで旅し、アムール川の対岸ブラゴヴェシチエンスクの方へ、母上の実印を流されたという。

戦後日本人は一斉に引き揚げたが、アレキセイたちはどうしたのだろう。後に綏化市を訪れた時に白系ロシア人たちのことを尋ねると、「追い出した」という言葉が返ってきた。

ハルビンに美しい街を作り上げた白系ロシア人たちもまた四五年八月のソ連侵攻後、着のみ着のままで、夫婦親子の仲も裂かれてソ連領へ連れ去られたのだという。それからスターリンの死（五三年三月）までの八年間、カザフスタンや北極圏に近いシベリアのラーゲリで強制労働させられたのだという。（『満蒙終戦史』満州難民祖国はありや・坂本龍彦）

一九九七年・夏

黒河

私が黒河を訪れたのは一九九七年八月。国境の川・黒竜江（アムール川）は川幅八百メートル、さして広くはなく遊覧船に乗ると対岸のロシア領・ブラゴヴェシチエンスクが一望できた。ひときわ高いテレビ塔、四本の照明燈を持つグラウンド、遊園地のゴンドラ、六層建ての住宅など。港には監視塔、荷揚げ用のクレーンが林立する。中国人らしき人が四、五人川の中程で泳いでいる。時々ロシアからの定期巡視艇が走る。中国側の巡視艇も走る。中国の巡視艇はこちらの遊覧船を見かけると手を振るが、ソ連側は手を振らない。勿論軍人には規律があり、簡単に手を振り交わすようなおっちょこちょいはいないのだろう。

黒竜江の中程を遊覧すると、向こうの川岸にいる人も見える。しかし一人、二人。川岸にびっしり座って遠望する中国側にくらべて人影はほとんど無いと言っていい。船上には中国人学生七、八人。福健省警察学校の学生であるという。クラスメイトで旅行を楽しんでいるのだと。中国の大人たちは望遠鏡で盛んにロシア側を遠望している。中国人たちは向こうの川岸がやたらと気になるらしい。行くことのできない所、手が届きそうで届かない所にある異国の賑わいの雰囲気にはなんとなく興をそそるものがあるのだろうか。八月の初旬、黒竜江の川風は涼しいというよりはもっと冷ややかだ。川に及ぼす人為的なものはまだほんのわずか。延々と連なる両岸の樹木や風物は人為的なものに汚されない清楚さを保っていた。

そのあと「大黒河島民貿市場」というところを見学した。ここはロシア側との自由貿易広場でロシアの仕入れ人が大袋を抱えて一心に買い物をしていた。それが中国で良く使われているあの赤白青の太縞のビニール袋であることになんとなく違和を感じた。

昨夜の雨の影響で乗船する時には道路や人家の庭から水が音を立てて河へ流こんでいたが、昼、船から降りる頃にはそれもすっかりおさまっていた。

一九九七年、退職後の夏、私は何をおいても綏化《すいか》のあの変電所の社宅を捜すつもりでいた。まずはハルビンの黒竜江大学での語学研修で一カ月勉強して中国語を身につけ、自分で探すつもりだった。研修中に幾つかの旅行が計画されていた。黒河行きもその一つであった。夕方六時二十五分発、特快車だから途中大きな駅にしか停まらない。

夕暮れの光の中、走り過ぎる小駅の名はよく読み取れない。大平、呼蘭、烏家、糖金井……

延々と続く畑、全て緑色。道路なのか田畑の区切りなのか、ひときわ濃い暗緑色の並木がここかしこ連なっていて、平原の眺望は満州時代に言われていたように平坦ではない。その頃植えられた並木が現在は大きく育っていて、うっそうとした木立の列をここかしこ造っている。村の家々は赤レンガ、遠望する限り貧しさは感じられない。ほぼ二本ずつ立つレンガの煙突の様子もかつて満州の地で私たちが住んだ瀟洒な社宅と同一である。もう灰色の泥で作った家は見られない。あったとしてもそれは作業小屋らしい。

確かハルビンから黒河に向かう列車は綏化《すいか》を通るはずと、ずっと窓外を見ながら過ごす。夕暮れ色は徐々に深く、八時に綏化に着いたときにはもう夕闇が迫り、燈下に浮かび上がった「綏化」という駅名の文字は、私の長い忘却の闇から突然現れた幻影のように思えた。私の満州記憶の原点であるこの街は、日本人が呼びならした「スイカ」という言葉でしか記憶になく「垂化」等の文字を当て字して中国東北部の地図のなかにその文字を捜すのだが見つけることはできなかった。「化」のつく街の名はハルビン近辺に多くはなく、「綏化」のことではなかろうかと思い始めたが確証はなかった。末の妹はここで生まれている。しかしどう間違ったのか、妹の戸籍謄本では「洝化」となっていた。綏化が本当にその地なのか旅行社の手配も終えて、調べに行く日程も決まりながら、どこか不確実な街。「綏化」とかかげられた駅名はそんな不安な私の視野の中に突然夜の照明をうけて浮かび上がった。私の満州駅の記憶の中には物売りの声がある。「チャオスイ、チャオスイ」、「ピングオー、ピングオー」

電燈の下の駅のプラットフオームには三台ばかりの売り台にジュース、パン、煙草などを一杯に乗せた中年の販売人が「――　――」「――　――」と声をあげていた。

ふたたび綏化へ

中国東北地方の北方の地は、八月末ともなるともう秋の気配がする。綏化へ行く日の前夜は激しい雨風となった。柳の大枝が折れ舗道に散らばっている。木々は紅葉せず一部褐色となって散り敷き急に寒々とした風景に変わった。七歳の記憶を最初に呼びさましたのは風の匂いだった。しかし降り立った綏化《すいか》の街には記憶に残るものは何一つなかった。駅前から真っすぐに伸びる大通りは中興路と呼ばれ、満州時代の軍関係の建物は黄色の厚いコンクリート壁だと教えられても何一つ記憶に残るものではなかった。また一つ意外だったのは、この旧い街で探せども終戦前の綏化を知る人を見つけることができなかったことだ。年配の人に尋ねてもたいていは戦後主に山東地方から来たという人々だった。書店には街の地図もなかった。私の記憶の中には駅前通りから少し入ったところに電業本社と社宅があり、通りを挟んで電電公社があったはずだ。そしてその向こうに小学校があったはずだった。しかたなく私たちはまず学校を尋ね歩いたが日本人学校にまつわる話を聞き出すことはできなかった。旧陸軍跡地は市の第二中学校、黄色いコンクリートの建物がそのまま使われていた。かつての通学路近くには新しい三階建ての北林小学校などがあったが記憶につながるものではなかった。

綏化の街には革命期の意気高揚した言葉が各所に残っていた。軍の駐屯地があり、軍の飛行場があり、かなり多くの日本人が住んだ街であるため、革命の喜びは想像以上だったのだろうか。それとも首都から遠く離れた田舎町ゆえ、国の動きから十年ほどの遅れがあるのだろうか。綏化駅には高々と「毛沢東万歳」という言葉が掲げられていた。北京やハルビンではもう見られなくなった言葉である。数日前からの雨で舗装のない路地に入ると道はひどくぬかるんでいた。通りがかりに有料の「人民公園」があるので入ってみる。かなり広い敷地には樹木が茂り、ここかしこ遊具もあって、土曜日とあって子供を遊ばせる家族がかなりいた。ずっと後になって知ることだが、ここが神社あとなのだった。日本人が去った後、火がかけられ、その時近くにあった日本人小学校も焼けたということだった。その火の大きさはどんなものだっただろう。道路に沿って〝市製粉庁〟というのがありここが小学校跡だと推測された。

その日は〝綏化地区賓館〟に宿泊。南楼、北楼、附楼と三棟楼からなる地委、行政署の接待賓館である。通訳の王華さんは綏化では一番いいホテルであるというが、入るや否や二階半分は工事中、いつの時代のものか重厚な建築であったが、水回りの悪いこと電気コンセントの壊れなど日本ではほとんど考えられない管理状態である。しかしよく考えてみると水回りの悪さは冬季のあの厳しい寒さと凍結のせいではなかろうか。

翌日、王華さんの判断で市人民政府の外事部を訪ねることにした。市政府はいく階かのビルになっていたが、門構えは清朝時代そのままの旧門で、前庭にはすでに幾グループかの陳情団があつまっていた。私たちもこの時市政府を訪ねたことがきっかけとなって、後に綏化市に小学校を建てることになるのではあるが。

私たちは、電業本社や小学校は分からなくても戦前からの変電所は一カ所しかなく探せば分かるのではないかと思っていた。しかし近くに大きな池があったか、と訊ねられると記憶は全くあいまいになる。

教えられるままに道をたどると、子供の頃窓のない土壁の家と思っていたのは城壁で、川だと思っていたのは城壁の周りをめぐる濠だったことに気づいた。今は暗渠式になって広い道路となり商店が並んでいて、記憶の中の風景とは様変わりしている。

高い鉄塔が並び、電線が幾重にも張り巡らされている、記憶の中の変電所が確かにあった。平屋コンクリートの三棟の住宅が残っていた。かつて幾棟かあった社宅跡には二棟六階建ての住宅ビルが建ち、変電所らしい工作公司にはレンガ塀がめぐらしてある。私たちが住んだはずの所は向こう側はすっかり囲われていて覗けない。玄関になっていたはずの北口の方も板囲いがしつらえられている。中国人の感覚というのは、洗濯物を干したり、野菜を植えたり、マキを置いたりする私的な場所はどうしても囲わないではいられないらしい。外に囲いを作るのが中国の伝統的住感覚であるが、その板塀は無造作な廃材を利用したものだった。それでも中ほどの家はその南面を見ることができた。かつて勝手口だったところはコンクリートの壁で完全に塞がれていた。すっかり変わっているたたずまいに戸惑いながら、一人の人に尋ねたところ、だんだん多くの人が集まってきて人だかり。今は病気だが誰々とかが昔のことを知っ

残っていた満州電業変電所の日本人社員住宅

変電所職員楼前で　左より２人目　王徳福さんと私

ているから呼んでくるようにという。どういう伝令が飛ぶのか、間もなく老人たちが出てきた。老人と言ってもちょっと元気な老人は私と同じ六十歳、最も昔のことを知る老人でも七十五歳。王徳福という人が父を知っていると言ってくれた。病気だということで休んでいたであろうに、折り目のついたズボンに帽子まで被って現れた。父を知っているということ、営業所の所長であると言って涙ぐんでくれた。写真をうつし必ず送ると言って別れる。

その後日本人の旧跡ということで飛行場跡を訪れる。私の記憶の中の飛行場はここで紙飛行機大会があったこと、優勝者は飛行機に乗せてもらえるということだった。紙飛行機は少し飛ぶとすぐ落ちた。つまらないと思った。飛行機に乗れなかった無念さだけ覚えている。飛行機の格納蔽が並んでいたが軍が爆破して去った、ということだった。残されたコンクリートは住民が切り出して家の資材に使ったと。滑走路も何も残っておらずただいく塊かのコンクリートが転がっていてほとんどは畑地になっていた。

一九四五年八月、侵攻してくるソ連軍に追われ佳木斯《じゃむす》から綏化まで避難した内藤玲子さんによると最後の捕虜収容所はこの飛行場のコンクリートの上だったという。垂れ流しの掘立便所から下痢便があふれだし、コレラが発生したという。五十二年後の今、コンクリートのまだ一部残る飛行場跡地にはただぼうぼうと雑草が生い茂っているだけだった。

帰国後すぐに王徳福さんと、外事処でお世話になった張成志さんに礼状を書いた。王徳福さんの娘さんから次のような返事があった。

お手紙いただきました。日本から送ってくださったケーキも届きました。家族みんなで送ってくださったケーキをいただきとても感動しました。父は涙を流していました。父が申すには、彼が変電所に勤めていたとき、幾人かの日本人がいました。あなたの手紙にあった人は超一峰といいますが彼と彼の夫人は今はここにいません。あなたの父親が供電局におられた頃父は同じ部所でなかったので多くは分かりません。しかし同じところに勤めていて少しは覚えています。父はあなたと生前のあなたの父親の写真を見て、当時のことを思い出し心が平静でなくなり涙を流すのです。彼は七十六歳の老人となり、去年（一九九六年）二月脳栓塞を患いましたが、基本的には治りました。現在は身体は良好なのでご心配なく。

中国は改革開放政策となってすでに十幾年、現在人民の生活水準は大変高くなり、政局も安定しています。父も退職して幾年にもなり安心して養生しています。娘たちは皆大変孝行で老妻も健康で生活はとても良好です。私は長女で一九五〇年変電所内で生まれ子供の頃住んだ日本式住宅のことを覚えています。私たちに替わりお母様によろしく。

白﨑龍子お姉さん。以後再び中国に来られる機会がありましたら是非またおいでください。

王徳福の長女・王宝武代筆
一九九七・十・二十日

その後、幾度か綏化《すいか》を訪れる機会のあるごとに変電所を訪れた。最初変電所を訪れた時はあまりに荒れすさんだ様子に胸つぶれる思いをしたが、数度訪れるうちに少しもそんな気持ちは起こらず、むしろ美しく整備されているように思えてきた。少しずつ分かってきたことは、電業の職員たちは退職した人々を含めて新しく建った六階楼の方に住み旧い日本人の住んでいた住宅の方は社外の人が住んでいるらしいとのことであった。

王徳福さんの長女王宝武さんの家は、六階楼の前を歩んだつきあたり、レンガ塀に囲まれた内にあった。昨年九月に転居したばかりであるとか、レンガ造り、二棟の家は広く一棟の住宅部分は白壁づくり、もう一棟は家具職人の夫の作業場になっていた。新しい工作機械も幾台かあり、窓枠、扉、タンスなどを作っているとか。日本の刃(円形のこぎり)は固くて質が良いとのこと、日本へ家具を輸出したいと話していた。

家具工作棟の窓からは電業近くにあると聞いていたあの大きな沼地(池)が見えた。こんなに近くにあったとは知らなかった。姉の同級だった男の子(一人息子だった)が泳ぎに行って溺死した事件があった。両親の悲しみは大変なものだった。この池だったのだろうか。今は一部養魚場となっているとか、金網が張られこちらからは入ることができない。青く澄んだかなり大きな池で、向こうに観覧亭までしつらえてあるのが見えた。

王宝武さんは父親の徳福さん似、若いときは美しい人であったろう。父徳福さんは山東省烟台《えんたい》の人であるとか。あの城壁の下を巡っていた濠は国共内戦の時は上をふさいで地下道を作ったということ、今は暗渠式になり下水道になっているという。水道の凍結はあるかと尋ねると、水道管は地下二メートルにあるので凍らないとのことであった。

綏化《すいか》での内戦はどのようであったのだろう。その時彼女は生まれていなかったのだから尋ねようもないのだが、最初国民党下にあった東北地方も北方からの紅軍の勢いに押されて東北地方を失うと、瞬く間に中原地帯の敗北に連なっていったと聞いている。

最初訪れた時には、幾棟も残っていた日本人社宅はすでにほとんどが壊され、残る一棟も近いうちに取り壊されるということであった。ここで生まれた末の妹に見せたいから取り壊しが決まったら知らせて欲しいと頼んで辞した。その後、いよいよ取り壊されることになったと手紙をいただいたが私たちは行くことはできなかった。

織井信夫さんのこと

一九九九年、夫が「水月会」の仕事をしている関係もあって、今度は中国黒竜江省綏化に学校を作ろうということになった。そうしたこともあってその後も幾度か夫と共に綏化を訪れ「綏化地区賓館」に投宿した。そこで知り合ったのが織井信夫さんである。最初彼はビデオカメラを携えて私たちの部屋を訪れてこられた。なんでもほとんど毎年綏化に来ておられるとか。かつて満州興農合作社に勤めておられ、満人農家の農業指導や買い集めの仕事をしておられたとか。中国語が堪能で、満族農家の人々と今も親しく交流しておられる方であった。

もと興農合作社のあったところは今も糧食庁になっていて、連れていってもらったことがある。そこは駅から引き込み線が大きくカーブして敷かれ、サイロ状の穀物収納庫が十数個並び立つ穀物カントリーである。石炭の大きな錐状の山もあった。敗戦後綏化《すいか》から引き揚げるとき、あの長く連なった貨物列車に乗り込んだのはここだったのかもしれない。当時のことをいろいろ教えて欲しいと織井さん頼みながら、そのことを確認しないまま終わってしまった。

ある時、彼の友人の住む村へ連れていってくださった。綏化より東北へ一時間、一面のとうもろこし畑。ゆるやかな丘陵になった大通りを走った後右へ折れる。低く細い舗装されていない旧道に入ると、視線が低くなり風景が一変する。道の両側に植えられたポプラの群れはまだ十分に育っていなかった。しかし土地は肥え、とうもろこし等の作物は人が隠れて見えないほど育っている。羊の群れが通る。それを追う人が通る。豚があそぶ。あひるが群れる。薬用になるのだとか鹿も飼われていた。東津鎮利民郷警務処というところに案内される。公民館のような所なのか、住民センターとでも言ったらいいのか。広間には党員の順守すべきことが掲示されていた。内容は党の規律を守り利民郷のために働くということである。農村の若者が農閑期に一定期間訓練を受けるのだそうだ。民兵訓練組織表が一方の壁にあった。産児制限の指導事項など多くの掲示が張り出されていた。

織井さんからは、農家で宿泊した時のこと、朝の用たしには遠く畑地に出かけていくこと、用をたそうとすると放し飼いにしている豚がやってきて早く出せといって尻を突っつくのだ、などと面白い話を聞かせてもらった。向こうの人たちとの会話を理解することはできなかったが、あつい信頼と友情を得ておられることを感じてうらやましく思った。

中日友好張維鎮二村《チャンウエイチンアールツオン》小学校

視察

綏化市で最初に視察に案内された小学校は、綏化市北林区「張維鎮二村《チャンウエイチンアールツオン》」経営の学校、道路事情が悪い上に粘土質の道は前日の雨で窪地に入るとすごくぬかるんでいた。市から北へ走ること三時間余り、子供たちの「歓迎客人《ファンインカーレン》！」の呼唱と鼓笛によって迎えられる。十三クラスの学校なのだが、中心となる校舎は集団農場時代のトラクターや農具の倉庫を改装したもので、六クラスだけ入っている。他の七クラスは村の物資供給センターだった所や文化大革命時の青年集合所二カ所、それに農家の倉庫を二カ所に分散しているのだということであった。

村は何回も改善しようと募金企画を試みたが村民は経済負担に耐えられず実施できないでいたとのこと。張維鎮には他に「後七村」が経営する後七小学校があり、この二つを合併して十四クラス、生徒数七百七十名収容可能な学校にしたいとの提案であった。村から少し登った畑地が建設予定地であるといって案内された。

もう一つの候補校は隆太卿天合村《ロンタイシヤンテイエンホツオン》、赤レンガづくりの長い平屋。ここも文化大革命の頃下放《かほう》青年の宿舎として建てられたものだという。広い校庭にはバスケットの施設もあり学校としての体裁は整っていた。その規模の大きさから想像すると、文革の頃学業を放棄して街からやって来て農作業に従事した少年たちはかなりの数だったに違いない。

その後は、自慢の優良学校（ガラス張り）や優良農家を見せてもらった。

水月会は一九八九年以来毎年一校ずつ、すでに中国に十三校、ベトナム、バングラデシュなどアジアの貧困地区に学校建設を行っており、調査から完成に至るまでのマニュアルと経験を持っている。綏化《すいか》での建設もこの方式で調査、視察を終えて調印し、建設が始まることになった。寒冷地のため十一月から翌年四月までは工事不可能だということで、年内にもすぐ取り掛かりたいということであった。

起工式・完成式

起工式、地鎮祭には参加しなかったが盛大に行われたと写真などが送られてきた。それによると「中日友好小学尊基儀式」と赤い横断幕が張られ、二十本あまり赤青緑黄ピンクの五色の幡がはためいている。生徒と鼓笛隊、村人、政府の要人が集まり、中心には大きな穴が掘られ「尊基」と赤字で大書した大牘《おおふだ》がある。建設の無事を祈って安置するのだという。今でも中国には家を建てるとき縁起を大切にする風習があるらしい。

ハルビンの黒竜江大学で語学研修を受けていたとき、すぐ隣にある民家が、ちょうど家を取り壊し改築していた。三階の宿舎の窓からは上から覗き込むようによく見え、毎日興味津々見ていたことがあった。その家は「団」という名、同室の友人と訪問したこともある。

改築が始まると、まずは大学の塀を利用して向こう側にテントが張られ、工人の泊まり込む場所が作られた。第一日目は基礎を掘り、その日の深夜のうちにレンガ、砂などの資材が運びこまれる。その日は祝いの酒宴でも開いているのであろう太鼓らしき音と鄙びた民謡の歌声が聞えてきた。次の日からレンガ積み。工人たちはみな若い。半分くらいは十七、十八の青年である赤銅色に焼けた裸体の上半身はしなやかで敏捷。一輪の手押し車で砂、セメント、レンガを運び次第に家の形ができ上がっていく。四方の壁ができ上がったところで屋根板を運ぶ。屋根にあたるところに立て掛けた二枚の板の上を二列になった三組六人で屋根板を運び上げる。その度ごとに歌声が起こるのである。

完成式は翌年の十月中旬に盛大に行われた。冬が近いことを思わせる寒い日だったが、子供たち村の人々は視察に訪れた時とは全く異なった親しみの笑みで迎えてくれた。日本側からは十二名参加。そのうち綏化《すいか》に縁のあるものは私たち姉妹三人と宮井美典さん。この時暖房設備費と三年継続の奨学金（三十名分）の約束もなされた。

二〇〇一年・秋　もう一度小学生に

私はもう一度、綏化で生活してみたかった。そこで宮井美典さんと相談し、張維鎮小学校で子供たちと一緒に学びたいと申し込んだところ、翌年の九月一日から一週間学校へ通わせてもらえることになった。

宿舎は張維鎮人民政府（役場）である。副鎮長室が私たちの宿泊所となった。通訳

中日友好張維鎮二村小学校にて　宮井美典さんと

一年生の音楽　拍々手踏々（手をたたこう　タンタン）

の分も含めて三つベッドが準備され、布団などすべて新調してくれたらしい。ここでは劉という書記長が一番偉いのだという。ずいぶんと体格の良い人だった。宮井さんは着ているシャツにちなんで「赤シャツ」という名を密かに献上した。初日、子供たちが花を振って「客人好《カーレンハオ》！」といって迎えてくれる。校門前には池まで作られ魚が飼われている。校庭の半分はとうもろこし畑になっている。生徒たちの勤労によって作られたものだという。

まずは職員との懇談会。今年度中心校との交流があって、若い教師が五名赴任してきたとか、若くきらきらした眼をした教師たちがとても印象に残った。私たちは小学生に戻って子供たちと一緒に学習に参加したいと申し込んであったのだが、内容は午前中一時間、午後一時間の授業参観として計画されていた。

	活動内容	教師	内容
火曜 9：20～10：00	一年一組	音楽	陳秀華	拍々手 踏々(手をたたこう)
13：50～14：30	四年二組	体育	劉 策	長江黄河（渦巻き駆け足ケンケン飛び）

水曜　9：20～10：00　五年二組　班隊会　干海英　将来の夢（少年先鋒隊活動）
　　　13：20～14：30　五年一組　語文　趙喜英　海底世界
木曜　9：20～10：00　四年一組　語文　高文翠　国語
　　　13：20～14：30　四年二組　活動課　韓振華　折鶴
金曜　9：20～10：00　三年一組　数学　薫克絹

明るい教室の窓辺で、私たちは授業に参加した。参観ではなく心は参加しているつもりだった。音楽の授業はとても楽しかった。五年生の「班隊会」というのは日本の「ホームルーム」のようなものでこの日は「将来の夢」について幾人かの生徒が前へ出て語り、それについての意見、質問をするというものだった。私たちに付き添っている綏化市政府外事処の張成志さんはいたく感動した様子だった。私たちには言葉が分からないことと、今一つそれらが常に国の掲げる理想と表裏をなすものであろうと思いながら、少年先鋒隊の活動内容を興味深く見せてもらった。

帰校後町へ繰り出した時のこと、偶然張維鎮中学校の前に出た。門から覗いていると生徒たちが集まってくる。二年生だという。ちょうど外出するという教師が出てき

班隊会　五年二組　将来の夢（少年先鋒隊活動）

活動課　四年二組　折鶴（日本土産の色紙で）

て帰路同行することになった。途中今年赴任してきたばかりという女教師と一緒になり宅へ招かれた。夫も在宅、コンピューターを買ったばかりで今勉強中という。そうこうしている間に明日七時二十分に自分の授業を見せてあげようということになった。

そのとき、政府の人たちは私たちの不在に気づき大慌て、一時間余り探したといって趙さんが入ってきた。結局授業を見せてもらう件は取り止めになってしまった。全て計画通りでなければいけないのがお国柄らしい。

お国柄というと、老人への最高の接待は、健康と長寿を願って犬の肉を食べてもらうということらしい。宿泊所となった役所の広い中庭の中心に、猛々しい大型犬が一匹繋がれていた。危ないから近づいてはいけないということだった。餌や水がその前に置かれてはいたが遠まわしに眺める私たちを見返す目に不信の色があった。犬の肉のご馳走を断ったら翌日には犬の姿はなかった。

日本の小学生との交流を

私はかねてから、校舎だけではなく日本の小学生と交流できればと思っていた。しかし貧困地区と名がつくと日本での交流校探しはかんばしくない。それでも故郷の金津東小学校（当時木村信子校長）に何度か足を運び、張維小学校の紹介をさせてもらった。十数名の子供たちが集まっている中で向こうの子供たちの話をさせてもらったこともある。学校体育祭の折には招待していただき、綏化《すいか》再訪の折には子供たちの手紙や絵をことづけていただいたりした。

次は私があずかって帰った張維小学校の子供たちの手紙である。

○○さん　こんにちは

二年前、日本の友人が私たちの旧校舎にたくさんの援助をしてくださいました。そして二年後にわたしたちは広く明るい教室にうつったのです。

とてもしあわせな気持ちで勉強しています。

わたしは勉強のすきな女の子です。唱歌やダンスもすきです。わたしが最もすきなのは金曜日にあるクラス会です。

わたしたちはクラスメートと先生といろいろなことを準備してやります。自分の理想をはなしあったりします。今かいは日本の二人のおばさんがわたしたちの中国へやってこられたことを感謝して、また日本のこどもたちにクラス会の様子を知ってもらうきかいにしようと計画しました。二人のおばさんはわたしたちにいろいろ話してくださいました。わたしたちもそれを楽しく聞き、うれしくおもいました。わたしはこれからも手紙をだし、みなさんの勉強のようすをよく知りたいと思っています。

祝・, 好好学習、天天向上

五年二組　張　清華

2001年9月5日

○○さんへ

わたしの名前は劉《りゅう》　文波といいます。今年十二歳で、新しくなった校舎で勉強しています。わたしはよく勉強して将来有用な人間になりたいと思っています。

もしみなさんがいやでなかったら、どうかわたしと友達になってください。

みなさんは夏休みや冬休みにどうぞ中国へおいでください。

わたしたちはきっとみなさんを歓迎します。わたしたちの中国にはたくさんの面白い遊び方があります。わたしたちはみな運動が好きなのです。
わたしたちの学校には、二三六名の生徒がいます。わたしのクラスは三十名です。みななかよく活発で勉強好きなよい子供たちです。
わたしはあなたに詩を贈ります。
提起手中筆　想起朋友你（手に筆を持ってあなたのことを思っていると）
夢中才相会　醒来不見你（夢の中であなたに会ったのですよ。でも覚めたらあなたはどこにもいませんでした。）
祝：，好好学習　天天向上
2001年9月5日
劉　文波

二〇一二年三月　数年患った後　夫は逝去した。水月会から連絡が行き、張維鎮二村中日友好小学から、校長孫富貴および全体師生の名で随分と丁寧な弔電信が届いた。その文面から、夫のことと私のことが一つになっているように思えた。あれから随分時間もたち、校長も教師も、もちろん生徒たちも変わってしまっている。当然のことである。

注

水月会　一般社団法人　一九六六年発足以来アジア発展途上地区へ物心両面の福祉活動を行っている。中国発展途上地区に中日友好学校を十九校、ベトナム、バングラデシュ、ミャンマー、スリランカ、ネパール、ラオス、タイ、インドに友好学校をそれぞれ一校建設した。また各地の貧困生徒への奨学金授与、病人救済なども実践している。（二〇一五年現在）

小孩《シヤオハイ》「文《ウエン》」

文《ウエン》坊や

——一九四〇年代・済南——

「文《ウエン》！　ママはもう水汲みに行ったぞい！」

婆の声に小文《シャオウエン》が走り出ると、ママはもう両端に鉄鎖と鉄鈎《かぎ》のついた担い棒を肩に水桶をぶらさげて中庭から出ていくところだった。

「マー！」

小文はまだ眠い目をこすりながら、担がれていく水桶《おけ》のところまで走る。

春とはいえ、まだ日の昇らない早朝では吐く息が白くなるほど冷たい。ママはアヒルが歩くように尻をゆらしながらゆっくりと歩む。子供の頃纏足《てんそく》をしていたからだ。民国《みんこく》（一九二八年中国国民党による国民政府）後に布をほどいたが、親指以外の四本の指が内側に折れまがっているので歩むと身体が左右にゆれる。

婆は今もしっかり足に布を巻き小さな布靴をはいている。だから水汲みはできない。朝の水汲みの手伝いは小文の仕事であった。

ママも婆も髪を後ろにひっつめにして髷《まげ》を作りかんざしでとめていた。ママのまげは黒くふっくら大きかったが、髪が少なくなった婆のまげは栗の実のように小さかった。小文たちは頭におできができているようだと悪口《あっこう》をたたいて笑った。

門を出るとすぐの道沿いに小川が流れている。洗い物は数段石段を下りればよいのだが、炊事用の水は小川の上流の、ぽこぽこと円形の泡となって清水が湧きだすところまでママは水を汲みに行くのである。泉のまわりには石垣をめぐらしたところがあって、その奥のくぼみに古装束《ふるそうぞく》の泥でできた老人がまつられていた。これを「龍王《ロンワン》爺《イエ》」とよんだ。良い水がたくさん湧くように守ってくれるのだという。


古いこの街は明・清と幾代も前から「泉城《チユアンチヤン》」と云われてきた。はるか街の北方を黄河が流れ、北にはなだらかな山並みが連なる。その低地にひろがる街には大小いくつもの泉があり、ぽこぽこ水泡を作って清水が湧きあふれている。泉の水は街のあちこちに小河となって流れ、道沿いの楊柳は生気に満ちみちていた。

一九四〇年代、この街は古い昔の風貌そのままだった。かつて王府のあった街の中心は頑丈な城壁で囲まれ、湧き出た泉の水は護城河となってその周りを流れていた。東西の護城河はとくに流れが速く、水深も二メートルあまり、水中には黒緑色の水草がゆれていた。城壁の下の方には埋もれた石碑があったり、城壁にはめ込まれた石碑を見かけることがあった。大きいものは一メートルぐらい、小さいものでも五十センチメートルぐらい。年代が経っているから磨滅してはっきり読めないものが多かったが、この大小の石碑にはみな同じように難を避け平安をもたらす願をこめた「泰山石《タイシャンシ》敢当《ガンダン》」という大きな文字が刻まれていた。民家や商店はそれを取り囲むように広がり、そしてさらにその外側にやや小さめの土壁の囲いがめぐっていた。

小文の家は、その街の外側をめぐる土塁の東門を出てすぐに広がる農村部にあった。土塁の壁の外では春には白やピンクの花をつける梨や桃の果樹がここかしこ望まれ、広がる田野の中に村落が散在していた。東方地平線の方には尖った異国風の洪家教会の尖塔がのぞまれた。そのはるか向こうに華山がきりつしていた。

多くの住まいは小川に沿って建ち、門前に川が流れている。前に川がなければ後ろに川がある。だから洗濯の心配はいらない。ここかしこいつも小川が流れていた。

小文が水桶を担ぐママと家に戻ると、婆は中庭にコンロを出してその上に小鍋をのせ、朝食の準備を始めていた。熱くなった鍋にシュッーと音を立てて今汲んできた新しい水をそそぎこむ。さらにひとつかみの米を入れ、熱くなってくると鍋のまわりに粟か雑穀を練ったものをはりつけて焼く。このようにすると時間と燃料が節約できるのである。

普通の家庭の三度の食事はだいたい「塩菜のスープ」だった。肉屋へ行くと「混湯」という肉の茹で汁を売っていた。それを小さな鍋に買ってきて青菜と一緒に煮て食べるのである。でき上がると食卓を囲んで、婆が座り、パパが座り子供たちが座る。それぞれ順に椀にもって人参や白菜の漬物を添え、青菜のスープとともに食べる。大人はゆっくり味わいながら、子供は大急ぎで飲み込むようにしてそれぞれがおいしく食べるのだった。

小文《シャオウエン》の村にもこの頃電灯がともった。家の中心に一灯、天井の梁からぶら下がる裸電球であったが、それまでの灯油ランプにくらべ輝くように明るかった。兄の威《ウエイ》はその下に机を持ち出しノートを開き勉強を始めた。電球をねじこんでスウィッチをひねると暗い屋内がたちまち光の輪の中に浮き上がる。昼よりずっと明るく隅々まで照らし出される。

パパも目を細め平たい皿のような電灯のカサを買ってきてつけると、電灯の下はさらに数倍明るくなったように思えた。

兄の威《ウエイ》はなにか難しい文字をノートに書き込み、ときどき大きな声を出して読んだ。小文《シャオウエン》も一心に兄の手元をのぞき込む。威はときどき学校の話をしてくれた。それらはだいたい先生から聞いた街の中学校の話だった。

小文の村では多くの子供たちは、運よく学校へ行っても、よくて小学校を卒業する程度、大部分は卒業しないでやめるものが多かった。経済上の理由以外にこの頃は多くの家では、金の勘定ができて街の名前を読むことができれば用が足りると考えていたからである。

「文々《ウエンウエン》、いちど省体育場の学校運動会を見に行こう！」

威は得意気に話しかける。

「兄ちゃんは行ったことがあるの？」

「いいや、だけど先生の話によると、とっても面白いんだって！」

「面白いの？」

「うん。いくつもの中学校が集まって競争するんだ」

「へえー。競争か」

「それが、開会式が始まる前から、自然に競争が始まるんだって！」

「何を競争するの？」

「軍楽隊さ！　いくつもの軍楽隊が集まって開会式が始まるのを待っている間、自然に〝吹き比べ〟や〝打ち比べ〟が始まるんだって！」

「へえー！」

「ある学校の楽隊が〝第一行進曲を〟吹奏すると、終わるとすぐ、あらそってもう一つの学校が〝第二行進曲〟を続けて吹きはじめるんだってさ。同じ曲ではだめなんだってさ。次に続けてこれに対抗するためには〝第三行進曲〟か別の曲を吹かなければいけないんだって！」

「へえー。すごいなー。太鼓の方はどんななの？」

「向こうがひと打ちすると、こちらが続いてひと打ちする。同じ打ち方では駄目。どんどん工夫した打ち方をするけど、最後には新しい打ち方で続くことができなくなってしまうんだってさ」

「へえー、面白いんだね。兄ちゃんも中学校へ行きたいんだね。だから勉強するんだね」

小文《シャオウェン》は特に電灯のソケットのスウィッチに興味があった。

パパとママ、それに婆も地主の畑の仕事にでていた日、小文は机に上ってそのめずらしい電灯のスウィッチを何度もひねって遊んでいた。パッとついてパッと消える。ところがどうしたことだろう！　そのうちスウィッチはぐらぐらになり、どうしても電灯がつかなくなってしまった。小文にはこれはとてつもない大変なこと、恐ろしいことのように思えた。取り返しのつかない悪いことをしてしまったのだ。

「パパに叱られる！」

自分はもうこの家にはいられない。どうしたらいいのだろう…………

小文は大声を上げて泣き出した。パパたちが帰ってくるまでに自分は家を出なければならない、と思い込んだ。

小文は家を見回した。これから親と会えなくなり自分が孤児になると思うと、もう大口をあけて大声で泣いた。涙も鼻水もいっしょに流れた。

泣きながら小文はこれからの自分をいろいろ考えた。いつだったかママと一緒に街に行ったとき見かけた煙草や落花生や飴《あめ》売りの子供たちのこと。彼らは汚れた服を着て、木の盆に飴や落花生を並べ胸の前に下げて売っていた。新聞売りもたいていは子供だった。新聞の束を抱えて通りすがりの人々にすがりつくように新聞を売っている子供もいた。冷える夜、ホテルや食堂の入り口の外には身を寄せあって、すでに火は消えているがまだ暖かい鉄製の炉のそばで暖をとっている子供を見かけたこともあった。

そうだ、自分はあの女のところへ行かなければならないかもしれない――

その頃よく見かける乞食に、両足ともほとんど動かない四十歳ぐらいの女の人がいた。長方形の木板の下に四つの小さな鉄の車がついたものの上に座って、懐の中には一歳ぐらいの赤児を抱いていた。前方に二本の縄をつけ二人の子供がひいていた。その後ろにもまだ幼い子供たちがついて歩いていた。彼らは街の大通りをぞろぞろ歩いて、

「あまったスープや冷や飯はありませんか！」

と言いながら、商店をまわって助けを求めていた。

そのとき兄の威《ウェイ》が学校から帰ってきた。

「どうしたんだ！」

小文《シャオウエン》は泣きながらスウィッチを壊したこと、これから家を出ようと思うことなどを話した。

「ばかだなー、おまえは」

威はやさしく小文の肩を抱いて、

「ぼくにいい考えがある。石炭を拾いに行こう！　ぼくも前々からパパが中学校へ行くのを許してくれるように、石炭を拾って少しお金をパパにあげようと思っていたんだ」


威は小屋へ行って背負い篭とほうきを探し出してきた。小さな袋とざるも準備した。この頃石炭くずを集めるのはほとんど子供の仕事だった。

かつて駅近くのトンネル付近の道は坂が急で長かった。子供たちは一本のほうきとざるを持ち、背に石炭を入れる小さい袋を担いで鉄道の石炭置き場の周辺や、いつも機関車が通る坂の上方で待つのである。鉄道は街の北城塞の外側を通っていた。その向こうを小清河が流れている。小清河にはいつも細長い、前後二そうつながれた木帆船が行き来しているのがのぞまれた。東の方の農村からは穀類や農産物を運んできて、街からは綿や紗などの百貨、糞を乾燥させた肥料などを運んでいた。

当時の駅は北面には鐘楼があり、前の広場は鉄柵で区切られていた。汽車に乗る人は露天の前の広場で待った。改札の時になるとやっと人々は鐘楼にある小待合室を通り、切符にはさみを入れ構内に進むのだった。

駅の近くのトンネルをぬけると機関車はおおきな汽笛と共にたいへんな煙をだしあえぎあえぎ上ってくる。

「マーホだ！」

「マーホだ！」

待ちに待った機関車の到来に、子供たちは大声で叫びながら走り寄る。

マーホ（馬唬）とは虚勢を張って脅《おど》かす虎のようなものという悪口《あっこう》で、大きく汽笛を鳴らし灯光を連ねて走る列車に当時はこんなあだ名がつけられていた。

速度を落とし、坂の鉄路をゆっくり走る列車に、子供たちは大急ぎで走りより、落ちた石炭を掃き集める。それぞれ石炭の粉末で真っ黒な顔をしている。大きい子供の中には、長い竹竿を準備しておいて、走る石炭の山にあて少しでも多く落そうと工夫する者もいた。小さい子供は拾い残された石炭屑《くず》や石炭粉も丁寧に掃きとって袋にいれた。

このトンネル付近の坂道には車引きの手伝いをして駄賃をかせぐ子供たちも集まっていた。普段は肩に牽引用の縄をかけて坂の下で待っている。おお汗をかきながら重い荷を積んだ車や大荷車が来ると、大急ぎで走りより縄についている鈎を登りの車にかけ一緒に引くのである。坂の上まで来ると、一息つく車のぬしからわずかの礼金をもらう。引き終わるとまたすぐ坂の下に戻り次の車を待つのである。

日暮れ近くまで待って、機関車は二度通っただけだった。腹のすいた二人は拾った石炭を売るために小店街に入った。日が落ちると寒くなってきた。

夕餉《ゆうげ》前の小街は　売る人、買う人、行き交う人々であふれていた。多くは付近の住人である。小街には小さな店舗が並び、ここかしこ、その前に屋台が並んでいた。まんとう店、鍋餅《グオビン》店、醤菜《ジアンツアイ》店、焼餅《シヤオビン》店、煎餅《ジエンビン》店、小飯店や酒、たばこ、雑貨店や茶館などである。まんとう店の主人は、

「熱々の大まんとうだよー！」

と大声で叫びながら、蒸しあがったばかり、湯気を立てている白いふっくらしたまんとうを店頭に並べていた。

鍋餅店では厚手のものと薄手のものが売られていた。客が見守る中、その場で焼き上げその場で売っている。厚手のものはかなり厚く、外は焦げていて中は柔らかい。薄いものはさくさくして香ばしい。

煎餅には、割煎餅《ゴージエンビン》と胎煎餅《タイジエンビン》がある。割煎餅はごく薄く、幾枚も重ねてほうばると、さくさくした香ばしさが一度に口中にひろがる。胎煎餅はしめってやわらかい。ともにその場で買い、その場で食べる。

煎餅屋台の前を通る人は匂いにつられてたいていそこで立ち止まる。だから焼きあがったと思うと、もうすぐ買い手が現れた。

腹のへった二人は、香ばしい匂いにつられて立ちすくみ、いつまでも離れることができなかった。煎餅を焼く大きな鉄板は、五歳の文《ウエン》のちょうど目の高さだった。

「やい！　カマド顔！　ぼうず、腹がへっているな！」

鉄板の前で焼き手の一挙一動を、息をつめるようにして見つめている小文に、店主から声がかかった。

ごそごそと威《ウエイ》が小袋をとりだして中の石炭の粉を見せると、店主は割れた幾枚かの煎餅をくれた。

「兄ちゃん、よかったね！」

小文はやっとありつけた煎餅をほおばる。熱く甘い香ばしさが口中いっぱいに広がる。

「カマド顔」とは茶館を商売にしている人という意味である。目だけ光らせすすで真っ黒になった小文の顔を見て「カマド顔」と呼びかけたのだ。

茶館なら石炭を買ってくれるかもしれない。

元気づいた二人は、さっき拾った背負い篭の中の石炭を売るため、街はずれの茶館へ行くことにした。

茶館とは、茶を飲ませるところではなく、ただ湯や水を売るだけの小さな一間だけの小屋のような店のことである。

二人がのぞくと、中には長い炉があって、炉の上には幾カ所も火口がありそこで湯を沸かしている。中には熱い蒸気がたちこめ、カマドの煙と石炭の燃える赤い炎以外にははっきりとは見えない。ちょうど夕餉《ゆうげ》どきとあって、幾つもの湯壺を抱えた人が出たり入ったりしている。出てくる人は一様に煙にむせ、熱気にあぶられ、顔をしかめて咳込んだ。出口には、幼児を抱いた女が座っていて一壺につきいくらかの金を受け取っていた。中では男が時々炉に石炭をくべている。

「おじさん！　石炭を買っておくれ！」

威は思い切って大声で呼びかける。出てきた男は、重い眼病を患《わずら》っているかのように充血した目をしていた。長い時間煙にいぶされ、すすだらけの顔に灰のかかった白く見える眉で篭の中をのぞき込むと、湯一壺に相当する銭をくれた。

こうした茶館では人々は冷水も買いに来る。冷水は担いできた両方の桶で計算する。一担ぎの水がいくらというのである。水を届ける場合は水がめいっぱいに満たす料金である。茶館は料金が安いうえ夏には炉の熱できわめて暑く、冬には煙を出す窓を閉めるため非常に寒いという厳しい商売であった。

初めて銭を手にした二人は、急いで帰ることにした。

街のはずれの土塁の近くまで来ると、ゴットン、ゴットンと大きな音を立てている店があった。

「いったい何だろう？」

裏に回ってのぞいてみると、目隠しされたロバがぐるぐる回りながら石臼を挽いていた。見ていると歩みがだんだん遅くなりふっと止まってしまう。すると後ろにいる子供がピシッと鞭《むち》をあてる。

「ギイーッ……」

ロバの鳴き声はびっくりするほど大きかった。二人はしばらく見とれていたが、大きな音を立てているのは、その横で粉をふるっている足踏み篩《ふるい》であることに気がついた。足踏み式篩は、縦木と横木が連なった竿《さお》で篩を揺らし、大きな木箱の中に穀物の粉をおとすのである。後ろの壁によりかかった男が両足を交互に動かしていた。横木の両端を踏むとたて竿がゆれ、それに連動した横木がゆれ、篩はゆらゆら揺れて粉をふるうのである。

この頃、小麦粉工場の袋に入った小麦粉は「洋麵《ヤンメン》」とよんだ。一度に一袋買わねばならないので一回の支払いも多く、その上単価も高いので洋麵を食べるものは少なかった。大部分の人は粉ひき場の篩で作る粗粉を買った。値段が安く小銭でよかった。長期間小麦粉を食べる家は多くはなく、大部分はすこしずつ買って粗雑穀を食べた。

日はもうとっぷり暮れていた。街の土塁《どるい》を抜け、疲れ切った二人は空になった篭《かご》を担ぎ、ほうきを持ってとぼとぼと帰る。

やはり文の家にだけ電灯がついていなかった。門口を入ると庭でママが食事の準備をしていた。パパも、婆も庭にいた。赤い石油ランプだけが庭をてらしていた。

「アイヤー！　威《ウエイ》、文《ウエン》、二人ともいったいどうしたというんだい？」

小文は思わずママにかけより抱きついてワーッと泣いた。

「無事でよかった、よかった。電気の故障より大事な息子をなくす方が、どんなに恐ろしいことか」

ママは文を抱きしめた。威はほうきを持ったまま、門口に立ってうつむいていた。

パパは二人の様子を見て、何も言わなかった。ただ婆だけが、

「なんだい二人とも、真っ黒な顔をして……」

と言いながら、纏足《てんそく》の小さい足でたらいを持ち出し、湯を汲んできて、まずは威《ウエイ》の顔を拭き、大泣きしている文《ウエン》の顔を拭き、足を洗ってくれた。

＊

このことがあってから、パパは洋車《ヤンチヨ》（人力車）引きの仕事をすることになった。威を中学校へ行かせるためには、賃稼ぎの仕事をする必要があったからである。

街で洋車を引くには、政府が統一して作った藍色の、背に白い番号のついた肩掛け布を買わねばならなかった。パパは洋車も借りてきた。引手には手で鳴らすラッパがついており、赤と緑のドンスの内張りがとてもきれいだった。足をのせる台には二つの鈴がついている。これは客が踏んで鳴らすものだ。中古だったがパパは庭に引き入れて丁寧にみがいた。

小文がものめずらしそうにのぞき込んでいると、

「明日は、初商売だ！　文々《ウエンウエン》、客を待つところまでお前を乗せていってやろう」

翌朝早くパパは小文を乗せて家を出た。東門を抜け、馬路《マーロ》（大通り）を走る。パパの走りは軽やかだった。背の藍色の布ははたはた揺れ、白い大文字の番号がくっきり鮮やかだった。パパは綿のズボンをはき、もう一本のズボンの外着を腰につるしていた。これは走るときには熱を発散し、寒いときには外着のズボンをはくためである。

ときどき出会うのは、農村から荷を朝市へ運び入れる小さい引き車や、木の手押し一輪車だった。街から運び出す糞尿の一輪車もあった。みな木輪車だった。

その頃は大街といってもせまく、高低ふぞろいの石だたみの舗装で、注意しなければ車が傾き酒も糞もまき散らしてしまう。

少数だが馬車は通るが、バスは長い時間がたってからやっと一台通るのを見かける。

パパは馬路を通り抜け、商店街に入った。パパは客待ちの場所を「大観園」に決めたようだ。そこは飲食、買い物、娯楽が一体となった総合市場で、京劇、相声（漫才）、雑技曲芸など各行各業があつまるこの街の最大の市場だった。左は商店街、右には胡《フー》同《トン》があり〝大観〟〝国泰〟という映画館もあった。

商店には服飾、靴、帽子、布、緞《ドン》子《ズ》、眼鏡、理髪、工芸百貨から酒、たばこ、糖、茶、ケーキ、果物などの店舗があり、小さな屋台も並んでいた。

飲食には包子の店、水餃子、炒菜などの扁食楼、イスラム馬家《マー》の羊肉館、飯菜館などおおくの飯舗があった。

老舗の中央にはだいたい大きなカウンターがあり、老店主や支配人が座っていた。黒い中国式の長着を着て、頭頂に赤い球状の飾りのついた帽子をかぶり、あるものは白いひげをはやし、あるものは老眼鏡をかけていた。

道行く人々は男も女も、ほとんど中国風の長掛着を着て男は礼帽をかぶっていた。パパが客を待っている間、小文は市場の中をのぞき歩く。

西にある漢方薬店の前には人垣ができていた。中で薬売りが大声で口上をかたり、気功唐手で板木に釘を打つ。驚く人々に無傷の体を見せ、体を壮健にするという大丸薬を売るのである。東南角にももう一軒の漢方薬店あり、二つの鉄の輪投げの芸が披露されていた。まず二つのつながった鉄の輪を体につけて現れるや、不思議な手つきでそれをはずすと、

「ファ、ラ、ラ、……」

と声をあげながら、腿の上や、尻の上で輪をゆらし、あるいは上へ放り上げてまわし続ける。下へ落としたりはしなかった。

「文々《ウエンウエン》！　いくぞ！」

パパの声がかかる。パパに客がついたのだ。

客は濃紺の長着を着た母親らしき女と、女の子だった。女学校の制服をきていた。

「威《ウエイ》兄ちゃんぐらいの大きさだなあ」

と、小文《シヨウウエン》は思う。うすい藍色の中国式ボタンの上着で、膝下たけの黒いスカートに白い靴下をはいていた。病身なのか母親が抱きかかえるようにして車に乗せる。両肩にたらした三つ編みのお下げ髪が少女をいっそう弱々しく見せた。母親は、

「泉城路の病院まで」

と行先をつげる。パパはひざ掛けの布を少女に掛けると、ゆっくりと歩きはじめ、それから走る。小文はそのうしろから走る。この頃は洋車の後ろを走る少年をよく見かけた。これは父親の仕事をつぐために車の後ろについて走り、道筋を覚えるためであった。

病院は土塁の城壁ぞいの道路わきにあった。土塁の向こうにはちょっと外国風の大きな建物があり、ここが日本軍の駐屯地であった。東方には街が続いていた。パパは母子を降ろした後、次の客をここで待つことにした。この土塁の上に、ときおり幾人

かの退屈そうな若い日本兵がいて子供が通ると街の方へ飴を投げ、子供が嬉しそうに拾うのを見て楽しんでいた。

待っている間小文《シャオウエン》が道路に出てみると、土塁を見あげて何かを待っている子供たちがいた。兵士の姿がみえると、

「ゲイ　ウオ（給我）！　ゲイ　ウオ！」

と叫ぶ。二つ　三つの飴は多くの子供たちには行き渡らなかった。

「文々《ウエンウエン》、行くぞ！」

またパパの声だ。病院から帰る客がついたのだった。

今度のパパの客は西洋服を着た学者風の人だった。前後の襟《えり》が高くネクタイを締め、髪を七・三に分けていた。上着のポケットには懐中時計を入れ金のくさりで上着の中ほどのボタン穴に止めてある。〝文明人のステッキ〟を腕にかけとても立派にみえた。人力車に乗るや右手に持った中折れ帽子をちょっとかぶった。

「誰だろう？　すごいなー」

この頃、公務員や上流の人は中山服を着て礼帽をかぶっている人が多かった。西洋の背広を着て腕時計をつけたり、懐中時計をつけると文明人らしく見えた。

ある日客を乗せるパパの人力車の後について走っていたとき、小文は賑《にぎ》やかな嫁迎えの楽隊の行列に出あった。鼓樂がたいそう賑やかで小文は思わず立ち止まって、行列が近づいてくるのを待った。行列の先頭を行くのは、焼餅ぐらいの大きさの大銅鑼《どら》を下げた子供たちで、もう一方の手に手槌を持ち「ポワン、ポワン、……」とたたいていた。銅鑼はたいそう重いので小さい子の方は重さで体が曲がってしまう。大銅鑼《どら》も地面すれすれだった。その後ろに二列になって下の方を黒く染めた紅《あか》く長い幡《はた》が続く。幡の後ろには大人の笛がつづく。遠くから見ると、鼓樂がたいそう賑やかで華やかだったが、紅い幡の下にいるのは文《ウエン》とはそう違わない子供たちだった。ひどく破れたぶかぶかの大人の長掛子を着ていたり、破れて指がでている大靴を履いてついていく。年の小さい子供はついていくことができず、走らなければならない。鼓楽の音につられ小文も子供たちに混じって小走りについていった。

婚姻、葬送、嫁を迎えたり死者を送る行列では、旗や幡を持つ仕事があった。これらは学校に行かないで生計を助けなければならない少年や子供たちがうけもった。子供を使うと出費がすくなくてすむので、幡もちは子供の仕事とされていた。

「あっ！　花嫁だ！」

幡の次には花嫁が乗る造花で飾り立てた花輿《はなこし》がつづき、その後ろは親族の乗る馬車がつづく。

婚家の大門につくと、大勢の人が花嫁の花輿を見ようと集まっていた。

笛や打楽器の音がいっそう賑やかになり花嫁が輿《こし》から降りるや、準備してあった美しい五色の小片の花紙がまかれる。花紙はきらきらと舞い上がり婚紗をかぶる花嫁に降りそそぐ。集まった人々は花嫁をよく見ようとさらに身をのりだし、鼓笛の音はいっそう大きくなった。

文《ウエン》がはっと気がついたとき、パパの人力車はどこにもいなかった。いつの間にか行列にまぎれ人波にもまれ、そのことを忘れていたのだった。

「いったいここはどこだろう」

賑やかな婚礼祝いの大門から大急ぎで離れたが、もう小文《シヤオウエン》は自分がどこにいるのかも分からなくなっていた。

「パパをどうやって探したらいいのだろう」

人垣をくぐり抜け、半泣きになりながらあちこち探しまわった。そのとき小文は見覚えのある太く大きい「老槐《えんじゅ》」の樹に気がついた。樹はひときわ高く、家々の屋根の上方につき出てみえた。樹齢ふるく、幹のまわりもたいそう傷んでいて、長い年月を経てもう枯れているように見えたが、高い樹の上方にはまだ数本の緑の枝が出ていた。樹の幹の中ほどには新しい布、古い布、五、六枚の赤い布が掛けられており「有求必応」と書かれていた。樹の下には一脚の長い石の机があり、上には香炉が置いてあって誰かがお祈りしていた。

「あっ！　このあたりは一度来たことがある。近くに威《ウエイ》兄ちゃんの学校があった」

この老槐のそばをパパと通ったとき、樹の向こうに見えるこれも大そう古い建物が威の通っている小学校だと教えてもらったことを思い出したのだ。

近づいてみると学校の門は開いていて難なく通ることができた。三方の建物からは授業中なのか生徒たちの朗読する声が聞こえてくる。小文は外の窓から中の様子をのぞいて歩いた。文くらいの小さい子供たちの教室、もう少し大きい子供たちの教室、どの教室も四十人以上の子供たちで、威を見つけることは困難だった。

小文は思い切って大きな子供たちのいる教室に入った。教室に子供が入ってきたことを誰一人気づかなかった。どうしたらいいのだろう！　必死だった文は教壇に上っ

て大きな声で、

「ぼくの兄さんはいませんか？」

と叫んだ。先生と生徒たちは皆びっくりした。皆は教室に小さい子供がいることに気づくと、どっと笑った。このとき一人が立ち上がり席を離れた。それが威《ウエイ》だと知ったとき小文《シャオウエン》はうれしさに思わず駆けよって抱きついた。

威は顔を赤くしていた。威はひとことも話さないで、先生に一礼をすると文《ウエン》を背負って家に帰った。小文のいないことに気づいたパパもあちこち探しまわったあげく家に帰ってきていた。小文が迷子になったことを知って家中大騒ぎをしているところだった。文が兄の学校へ行ったことを知って、婆はあきれながらも、

「文々はどんなことがあってもやっていける子やなあ」

と言って小文の頭をなでるのだった。


次の年の春節が終わった頃、とうとう兄の威が街の中学校に入る日がやって来た。中学校は全寮制なので、長期休暇の時しか家へ帰ることはできない。ママもパパも朝からそわそわと威に持たせる荷物の準備をした。ひもじい思いをしないようママは前

日から威に持たせる焼餅をやいて準備をしていた。

その日は風が吹いていて凍えるような寒い日だった。小文もパパと一緒に威をバスの停留所まで送っていった。小文は兄の荷物に興味津々だった。威の荷物は小さく必要な日用品だけだった。衣服一着、どんぶり一つ、それに小さくまるめた細い布団などの生活用品と勉強用のノートや万年筆だった。その新しい万年筆は親類にもらったもので、とても貴重なものだった。パパは嬉しそうにして威に何かをたびたび言いつけていた。村を通って街へ行くバスは一日一台だけ。親子三人は寒い風の中に立ってバスを待ったがバスはなかなか来なかった。

しばらくしてバスがようやく走ってきた。この頃のバスは石油がすぐになくなるため車の後ろに木炭炉が置いてあるバスだった。バスに乗った威は急にまた下りてきて、かばんの中から新しいノートをだして小文に渡した。小文はびっくりした。威は発車したバスの中から手を振って、しきりに何か言っているようだった。見送った後、帰る途中小文はパパの目の中に涙があることに気がついた。小文はしっかりノートを抱きかかえていた。

パパはさらに熱心に人力車引きの仕事に励んだ。ある日小文《シャオウエン》がパパの洋車《ヤンチヨ》に乗せてもらっているとき、街の郊外にある〝省体育場〟に向かう中学生の隊列に出あった。連合の〝学校運動会〟があるのだ。先頭に校旗をかかげ、軍楽隊の学生がつづく。その後ろに各クラスの学生がつづいていく。軍楽隊員は皆青一色、学生藍の上衣を着て白い制服のズボンに厚いゴム底の長い黒革靴をはいている。手には雪のように白い手袋をはめ、太鼓やトランペット、銅鑼《どら》には紅緑の絹の房飾りがついていた。小文にはそれらは目もあでやかに光り輝くように見えた。整列して吹奏し、太鼓を打ち鳴らしながら大通りをさっそうと行進している。

この街の学校では〝軍楽隊〟が盛んであった。隊員は学生によって組織され〝正音〟〝配音〟〝咬音〟というのが正規の配備であった。管楽器は軍隊用のラッパだった。

「威《ウエイ》兄ちゃんはどこにいるのだろう？」

小文は、これも車をとめて首を長くして一心に威の姿をさがしているパパと一緒に人力車の上から伸び上がって行進を見るのだった。

「威兄ちゃんだ！」

確かに威だった。鼓笛隊に続く学生の一年生の先頭にいた。

「兄ちゃーん！」

小文は思わず大声で叫んだが、鼓笛の大音響にかき消されて威までは届かなかった。

威はまっすぐ前方だけを見つめ、一年生の隊列の先頭を歩いていた。

威からの手紙 一

お父さん、お母さん、それに文へ

みな元気ですか。学校生活には大分なれました。この間学校運動会があった時、行進の見物の中にパパと文がいましたね。気がついていたけれど、僕はクラスの級長なのでよそ見をすることができませんでした。

級長の仕事は授業のはじめと終わりの挨拶のとき号令をかけることです。日本語の授業のときは、日本語で号令をかけなければなりません。学校長は日本人で、毎週各クラスを回って日本語の授業をします。「刻力子（キリツ）」「開来衣（ケイレイ）」「拿敖来（ナオレ）」「茶苦賽西（チャクセキ）」と号令をかけるのです。それから「阿（ア）、衣（イ）、屋（ウ）、唉（エ）、敖（オ）」から勉強を始めます。質問にうまく答えた時には校長は笑いながら「要労西（ヨロシイ）」

とか「塔以很要労西（タイヘンヨロシイ）」と言うのです。

先週はまた飛行場まで政府の要人を歓迎しに行きました。これも学生の大事な任務の一つなのです。西郊外にある張庄飛行場はたいへん遠いので、朝早く出発しても到着すると昼近くになります。整列するように言われている場所を探すともう正午でした。地面に座って弁当を食べ終わる頃、やっと飛行機が到着しました。旗を振り、歓声をあげて歓迎するともう午後でした。疲れ切って学校の寮へ戻った時には、もう真っ暗になっていました。今回は運が良かった方で、運が悪い時には午後まで待って、最後にやっと「今日は来ない」という通知が来ることもしばしばなのだそうです。

ところで今、街でコレラが流行していることを知っていますか？ 僕たちはみな学校で予防注射をうけました。とても痛く、友人の中には熱を出した人もいます。お父さんは街を広く走る仕事だから用心してください。おやすみなさい。

寮にて

威より

パパはしばらく人力車の仕事を休んで、地主の土地の農作業に励むことにした。街の一角から始まったコレラがあちこちに広がり始めたからである。しかし、どうしたことだろう。小文《シャオウエン》が激しく腹痛を訴え、あの水様性の下痢が始まったのである。下痢が激しいときにはともかく充分な水分を補給しなければならない。ママは大急ぎで湯を準備して飲ませようとするのだが、今度は激しい嘔吐となる。小文の小さい体は徐々に水分を失って、あのふっくらした顔は眼窩《がんか》がくぼみ、こけた頬は土色になっている。もう泣く力もなく、ぐったりして体をえびのように曲げときどき体に痙攣《けいれん》が走る。

「大変だ！　王先生を呼んできて！」

パパはすぐ近くの王先生を呼びに走る。

「コレラだ！　もう助からない！」

コレラは大変おそろしい伝染病で、激しい腹痛と嘔吐、それに一日に何リットルもの水様の下痢でたちまちに衰弱死してしまう。非常に伝染力が強く、患者の大便や吐物がおもな感染源であったが、生活用水を湧水や川の水に頼っていたこの頃はコレラはたちまちに大流行となってしまった。

小文の小さな体はますます小さくなり三日もたなかった。

「なんでパパの人力車について街へ行ったりしたのだろう！」

「文々《ウエンウエン》！　文々！　行かないで！」

ママは泣きながら、文《ウエン》の顔と手を洗い、髪をとかし一番上等の上衣を着せ、抱き上げて居間の正面にねかせた。枕元には、小さな皿に灯明をともし漿水（水でといた小麦粉）を供えた。

次の日、村はずれにある爺々《イエイエ》の墓の隣に埋葬する。パパは文の右手に麻縄の〝犬追い鞭《むち》〟を持たせ、ママは左手に文が西方に旅立つための糧食の〝餅《ビン》〟を持たせた。すこしずつ土をかけながら婆もママも親類の人々も号泣するのだった。最後に墓の前で路銀用の紙銭を焼いた。

文の村は封鎖され日本の官兵の消毒隊がやって来た。厠《かわや》や下水から道路までいたところ消毒剤が撒《ま》かれた。村の入り口に入るや、もうクレゾールの匂いがした。

日本の官兵はやっきになって流行のひどいところを封鎖して消毒したり、予防注射をしてまわっていた。また街に入る主な道路や各城門の入り口には予防注射所を設置して、誰でもここを通る人に注射をした。その予防注射は反応がとてもきつく幾日も腕が痛んだり、めまいや悪寒《おかん》がして非常にくるしかった。パパも一度この予防注射にひっかかり、二度受けなければ効果がないと言われたという。だから予防注射があるらしいと伝わると、大人も子供も外出しないで家の中だけで過ごし食べ物がなくてもなんとか工面して過ごした。

一方、日本の戦況の不振も伝えられていた。ドイツはすでに連合軍に降伏していた。

威《ウエイ》からの手紙　二

お父さん、お母さん、それにみんなお元気ですか。

村にコレラが発生し、帰ることができなくなって、休みに入ってからもずっと寮にいました。文《ウエン》の葬式にも出られなくて本当に悲しかったです。

文は大きくなったら何になりたかったのだろう。きっと学校へ行きたかったのだろう。僕は小文《シヤオウエン》のことを考えると悲しくてなりません。

日本が無条件降伏をしたことをご存じですか。今日、全校集会がありそのことを告げられました。八年間の日本の統治は、全て終わったのです。皆で「勝った！　勝った！」と喜びあいました。そのあと、銅鑼《どら》や鼓《つづみ》を鳴らして街頭にくりだしました。民国の旗をかかげた勝利を祝う自動車も走ります。幾人かの小文くらいの子供たちも歓喜の声を上げながら走っていました。

街に住む民間の日本人たちは帰国の準備を始めているそうです。多くの人は日本へ帰りたがらないそうです。でも街に住む一般人は名残《なごり》を惜しみながらも、彼らが残ることを望まないし、引き留めようともしないそうです。

まだこれからどうなるか分からないけれど、全てが大きく変わりそうですね。

今度の休暇には帰る予定です。

寮にて

威より

参考図書『那个年代』――回憶旧済南―― 孟慶築 著 黄河出版社・1996・済南

学生たちと

――一九九八年・済南――

大海《ダーハイ》歌を我に教えし内陸の学生たちは海を見知らず

赴任

最初にその街に降り立ったときの印象に、なぜか長く影響を受けるものだ。

その日、わたしはその街にある中医薬大学（漢法医薬大学）の日本語教師として赴任してきたのだった。北京から四時間余り、済南駅に降り立ったときには、すでに日が落ちていた。北京空港まで迎えに出てくれた大学外事所の李さんと一緒だった。二年間の生活に必要なものがぎっしり詰まった大きなスーツケース。北京で日中技能者交流センターから支給されたコンピューターと印刷機。これらのたいへんな荷物と一緒に、長い地下道を通り、混雑する出札口を出ると、また急な階段を上ってやっと駅前広場に出る。大きな荷物を抱えての移動は並大抵の苦労ではない。外事所の李さんには大変な苦労をかけて、やっと黄色い麺包車《ミエンバオチャ》（バン型のタクシー）に乗り込んだ。

済南市は南に泰山などの山並みをもつ黄河のほとりにある。古くは戦国時代、斉の国の都。盆地状に低くなっているせいか水の湧きでる泉水多く、名泉の数は七十二余りという。古来「泉の城」と言われてきた。

八月の終わり、済南の蒸し暑さは、中国四大竈《かまど》の一つとも言われるそうで、そうした盆地状の地勢のせいか、夜も蒸れるように暑い。

暗い街灯に照らし出された街路樹。旧い街らしい鬱蒼と茂る大きな街路樹の下、赤い裸電球に照らし出された商店や屋台。行き交う人々。自転車。涼を求めてたたずむ半裸の男など。この街について早く、できるだけ多くの事を知りたいと、わたしは息を殺して車窓の風景を見つめつづけた。

八時も大分過ぎていた。門衛のいる校門を抜けて暗い構内に入り、幾つかの校舎を過ぎて辿り着いたところに、さらに鉄柵を巡らした塀と門があり、「専家楼」「留学生楼」と表札が掲げられていた。専家とは専門家、ここでは外国人教師の意である。塀の中庭にはポプラの大木が並んでいてその暗い影が楼を覆い、花壇も作られている。玄関口には管理事務所があり、日中は職員二名と受付嬢が常駐している。

わたしの部屋は二階、居間に寝室と書斎の三室、それにバス、トイレ洗面所などの水まわりの一室。家族で住むことのできるしつらえだった。すでに新任教師のために掃除されて、寝具が準備され、テレビには可愛い刺繍つきのカバーが掛けられていた。わたしの前任者は北海道の人、一年夫婦で過ごしたのだという。廊下の突き当たりは外国人英語教師の部屋、まだ赴任していないという。

こんな知識を得てから、李さんの案内で夕食をとりに校門の外に出た。校門の並びには、雑貨店、食堂、理容室、写真館など諸々の小さな店が並んでいる。こんな遅い時間、客はわたしたち以外にはなく、閑散としていたが、李さんが新しく赴任してきた日本人教師とでも説明したのか、「北国の春」をボリュームアップして流し始めた。言葉が通じない分の、歓迎の意を込めたのであろう。

演歌調のこの歌をわたしはあまり好まないのだが、中国では日本の歌といえばまずこの「北国の春」である。その後も学生たちとの会食の後には、たいていカラオケとなったが、カラオケの中にセットされている唯一の日本の歌は「北国の春」。

学生になぜかと尋ねると、

「白樺　青空　南風　こぶし咲くあの丘――」

という歌詞がとても美しく好きだという。中国の大学は全寮制、ほとんどの学生は遠く故郷を離れて寮生活をしているため、

「故郷へ帰ろう、故郷へ帰ろう」

という歌詞が心に響くのだという。

黄河

次の朝、電話が鳴るので出てみると学生らしい。

「王巍《ウエイ》と申します。話に行ってもいいでしょうか？」

と言う。おそらくこの楼の玄関口まで来て私の部屋に電話を掛けたのだろう。二、三分もすると、もう入口の戸をノックする音がする。現れたのは、愛想のよい笑顔で上背のある青年だった。

彼の話は要するにこういうことであった。大学院修士過程一年の間に日本語を選択した者は、その年の日本語四級試験に合格しなければならない。そうしなければ三年後の修士修了の資格が与えられないことになっているというのだ。彼はその試験でリスニングの点が取れず、失敗してしまった。今年度、再挑戦しなければならないのでよろしく指導をお願いしたいというのである。

そういうことなら当然こころよくお世話しよう、と言うと彼もほっと緊張がほぐれたようだった。そのあとはこの大学のこと、自分のことなどいろいろ話し、買い物など、必要なものを揃えるのに街を案内しようと言う。わたしは必要な教材を揃えるために、本屋へ行きたいこと、何よりもまず黄河が見たいと彼に案内を頼んだ。

人なつこい彼はわたしの前任者のところへは、毎日のように通い、家族のように可愛がってもらっていたようだった。日本へ帰国するときにも、北京まで送っていったとか。一人残されたときの、がっくりした気持ちなど、そんなことを難なく表現できる会話力を彼は身につけていた。日本語に関しては、友人の誰よりも会話力を持っていると、彼自身自負していたことであろうに。彼の悔しさと悲しさを思いやった。

まず地図を買うこと、バスの乗り方など、済南で暮らす手ほどきは彼から受けたといってよい。九八年のこの頃から、中国ではKバス（観光バス）と称する新しいエアコンつき市内バスが走り始めている。大学前からこのKバスに乗り、街の中心「大観園」で乗り換え、終点からさらにタクシーを使って黄河公園へ。

河幅は百メートルもあろうか、漢詩にうたうあのとうとうと流れる黄河のイメージはここにはない。なんの変哲もないただの川縁であるが、料金所があって、柳が幾重にも植え込まれた堤防が続いている。雨季が過ぎたばかりの九月、これで河の水は随分多い方だという。七月に小学生二十人ほどが遊びに来て河に入り、一人溺死したのだと彼は言う。やわらかい川底の泥に足を取られたのだろうか。黄河は文字通りの泥河である。流れはかなり速い。粘りまでありそうな泥色の河水がとうとうと流れていた。

子供の水難事故の話を聞くと、いつも思い出すことがある。一九四五年夏、敗戦日も近い頃、わたしたちは中国東北（旧満州）にいた。住んでいた変電所社宅の近くに小さな湖沼があった。当時四年生だった姉のクラスメートの男の子が一人ここで水死した。一人息子だった。わたしは一年生。親の嘆きは両親の口から聞いただけだったが、忘れられないものとなった。今時の中国、その子も一人っ子であっただろうに、親の驚きと悲しみはどんなであったろう。

黄河公園のすこし下流、河幅の一番狭いところに、浮橋がかかっている。ドラム缶を繋いで並べ上に板を並べただけの橋で、河の水量によって浮き沈みする仕組みになっている。この橋の上をトラックから郊外バスまで行き来する。わたしたちも歩いて渡ってみた。そのはるか東には黄河をまたぐ大橋が見えた。

学生たち

いよいよ授業が始まる日の前日、クラス委員の学生が比較的日本語の上手な友人を連れてやって来た。初めて訪ねてくる学生は、たいてい入口で靴を脱ごうとする。日本語での挨拶の仕方から、話す内容、日本人の生活習慣まで気をつかい、失礼がないように大層な緊張のしようである。本科生課程（医学生の場合五年）のうち二年間日本語を学び、修士課程に進んだばかりの彼らは、日本語の基礎は一応できているものの、外国人教師に接するのは初めてなのだろう。

今は日本でも家庭以外では、靴履きの生活が一般化してすでに久しい。こうして律儀に靴を脱ごうとする彼らを見ると、またもや私は敗戦後の中国東北（旧満州）で初めてロシア兵を見たときの、あの日の恐怖を思い出してしまう。大きな軍靴をはいたまま銃をかまえ、どかどかと土足で入り込んできた数名のロシア兵。頼りにしていた父親が何と惨めに見えたことか。

私はそのままでよいと言って招じ入れる。私にとっても、初めての学生との出会いである。彼らが金秀梅と史学文であった。金秀梅はまだほんの少女のような手足の細い女子学生で中医文献学を専攻しているという。この大学の中医文献学はその貴重な古文献の多さと研究の高さで中医学会の重鎮をなしていると聞いていた。彼女はそれにふさわしい古典知識をそなえた利発な学生だった。史学文は金秀梅と同級生で修士進学試験にも合格しているのだが、専攻の定員の関係で一年進学を保留し、今年は一年新聞社で働くのだという。彼らの日本語会話力について尋ねると、本科生（学部生）二年の日本語学習で止めてしまったものと、勉強を続けたものとの違いなのだそうである。このなんとも愉快なクラス委員と通訳の関係同様、中国の大学のシステムは私には理解しかねるものであったが、分からないものもそのままに受け入れることにした。

彼らの話の中心は、正規の授業の他に補講を週二コマ（四時間）してもらえないか、ということであった。日本語主任から担当する学生や、教科、時間数、補講をして欲しいということなど、すでに聞いていた話でもあったので、私はこころよく承知した。彼らは最初の講義が始まる前に迎えに来ると言って帰っていった。

教室は、私の住むことになった「専家・留学生楼」から、ものの五分とかからない大学構内の中心、五階建てのビル、「教学楼」の中にあった。中国の大学は、広い構内に幾つものビル群が建ち並んでいるように見えるが、教室や研究室など、教育や研究に使われている部分はそう多くはない。全寮制であるため、その多くは学生寮であったり、食堂であったり、職員や教員の宿舎、商店、保育園、小学校であったりする。要するにその圏内で全ての生活が賄える一大生活空間なのである。

教室に一歩入るなり、「あっ」と驚いてしまった。私がもらっている名簿には日本語選択の修士生一年十一名のみ、それなのに教室にあふれんばかりの学生なのである。後で知ったことだが、何でも四十名余りの在職修士生というのがいて、学期の初めに集中講義を受け、あとは病院勤めをしながら試験を受けて単位を得、修士号をとる学生たちなのだそうである。彼らは一応皆医師であり、年齢にも日本語の能力にも大きな個人差がある。一度顔を見せたきり、試験以外には現れない人や、修士生と同じように皆勤して、むしろ授業をリードする人もいた。

その他、大学の職員や本科生（学部の学生）、昨年単位を落とした学生など、種々雑多な人々が受講できる出入り自由な授業なのであった。

しかし、私に託された十一名の修士生名簿が意味するように、あくまでもこれは修士一年生のための講座なのである。中国では大学院生には外国語力が厳しく要求されている。修士一年の学習後に大学日語四級試験（全国統一試験・英語の場合は六級）を課して修士号取得の一つの条件としている。毎年不合格者があって、この試験の合否が学生たちの大きな関心事でもあり、彼らの一つの強迫感になっているようであった。

中国での、学生たちの試験の点数に対する思いは日本の並ではない。点数で表されたものへの絶対服従とでも言おうか。試験における失敗は自分の至らなさによるものであり、努力不足のせいであると考え、点数で表されるものへの懐疑、試験制度そのものへの疑問などについて語るのを聞いたことはなかった。中国の学生たちがよく勉強する原因はこのあたりにもあるように思える。彼らはひたすら繰り返して読み、暗誦するのである。

私は博士課程の講座も持っていて、学期末の成績を出すために試験を行うと言ったとき、すでに助教授にもなっている或る恰幅のよい医師のあわてようは、見るもほほえましいものだった。

生活

中国の人々の朝は早い。五時三十分頃から起きだして近くの公園や広場、大学のグラウンドなどに集まり体操やダンス、太極拳などを始める。愛好家のグループがあるのであろう。リーダーらしき人がおり、ラジオやカセットテープの音楽を流している。同じ頃、人の集まる道路には朝市がたつ。新鮮な野菜、果物、肉、魚と生活に必要なありとあらゆるものが所狭しと並べられている。体操を終えた人々はこれらの品揃えを隈なく眺め値踏みをし、買い物をしたビニール袋を下げて帰る。朝食用に、できたて熱々の麺包（蒸しパン）や油条《ヨウティアオ》（長い揚げパン）などをここで買って帰る。

七時三十分、学校へ急ぐ子供たちの姿が見え始める。親の自転車の荷台に座って、あるいは自分で自転車をこいで。

大学も八時始まりである。

わたしの住む楼の北側には礼堂（講堂）が二階部分にある建物があって、一階が食堂になっている。その一階部分の一部が給湯所になっている。中国では熱い湯のサーヴィスが、どこでも（ホテルや列車内でも）とても大事なサーヴィスのひとつとなっているようである。二階にある私の部屋からはこの給湯所がすぐ眼下に見える位置にあった。

朝八時を過ぎると、湯を汲みに来る職員が次々と現れる。ハイヒールの女子職員や自転車に温壺《ぽっと》を幾つもぶら提げてまとめて汲みに来る人など。中には学生もいるが、学生たちは大抵授業が終わった後、夕食の時間頃が一番混雑する。夜はすっかり暗くなった十時頃に閉まる。それまでに自習や病院実習を終えた学生たちが湯汲みにまた集まってくる。

中国の大学の教棟はたいてい夜も明々とあかりがついている。夜七時から九時まで自学用に教室が解放されているからである。どの教室もかなりの学生がいて、黙々と書を読んでいる姿には驚かされた。しかしよく聞いてみると、寮は各室八人部屋で、二段ベッドが四台、各自の机もあるというが、おしゃべりもあるだろうし、勉強は教室でということになるのであろう。この自習時間が終わってから湯を汲んで寮へ帰るのである。寮はグラウンドを挟んだ向こうにあり、かなり遠い。

私もこの夜の時間帯に週一回補講を行った。規定時間外のサーヴィス授業である。

教室に入ってみると蛍光灯は非常に暗く、夏の夜は昼以上に蒸し暑く、冬は限りなく冷え込んだ。しかし、学生たちのあの学ぶことへの熱意はどこから来るのであろうか。

主任教授に出欠を取る必要はない、と言われた通り、修士名簿に名を連ねた彼らは夜の補講さえもまったく休まないだけでなく、いつも熱心に耳を傾けメモをとっているのである。

夜の教棟は静かで、靴音も黒板に当たるチョークの音もこつこつと響いて聞こえた。夜の学習時間が終わる頃、給湯場はまたひとしきりの賑わいとなる。夏場はゆっくりおしゃべりをしながら。冬は大急ぎで。

寮へ帰ったら熱い湯でカップラーメンでも食べるのであろう。

この湯も汲み放題ではなく入口に番人の男がいる。学生は綴られたチケットを買い、湯を汲むごとにチケットで払っていく。開いた扉の向こうには赤い裸電球が一つぶら下がり、長いコンクリートの湯汲み場には幾つも蛇口があるらしい。小さく千切ったチケットを入れる箱が入口にあるがどうしても散らばってしまう。朝、男は給湯場の扉を開けると箒を持ち出して散らばったチケットを外へ掃き出す。入口の前も掃くのだが、ごみを掃き取ったりはしない。自分の目の届かないところへ掃き飛ばすのである。しかしよくしたもので、風の強い土地柄、いつのまにか小さい紙片は見えなくなっている。

この給湯場の番人には若い妻がいるようだった。妻の方が番をしている時には尻の割れたズボンをはかせた幼い男の子を連れていた。ときには三人で仲良く食事をしながらの番であり、夜遅くに大声をあげて、ひとしきり夫婦喧嘩をしていたこともあった。

長い外地での一人暮らし、この窓外の人間模様を慰めに、眺めるともなく眺めていたのかもしれない。

会話の中から

秋の夜長、学生をいくつかのグループに分け、部屋でサーヴィス会話の時間をもった。週四回、女性グループ、男性グループ、年齢なども考えてグループ分けし、なんでも自由に話し合うという会話形式である。学習意欲旺盛な学生たちは大喜び、毎回、

学生たちと　専家楼の私の部屋で

満面の笑みでやって来た。女性たちのためには折り紙や手芸、コーラスの練習をしたこともある。こうした自由な会話から私が得たものははかり知れない。食堂の使い方や、市場での買い物。日常の茶飯事から、この国の風俗習慣や伝説、かれらの生い立ちに至るまで。尽きぬ話題は私たちを親密にし、わたしの生活を豊かなものにしてくれた。

学生たち、といってもその内訳は雑多である。それぞれ中医学の専攻が違い年齢も経歴も違っている。学部卒業後進学した者、他の大学出身者、専門学校出身の医師の場合は検定試験を受けて修士課程進学資格をとり、妻や子を故郷に残して学ぶ人たちである。

その他博士課程でも週二時間の日本語会話があり、同じような会話形式をとった。私が済南で過ごした二年の間に、中華民国建国五十周年や、新しい世紀の始まりがあり、中国では様々な施策の変更が始まろうとしていた。学生たちの話題は主としてこれらのことに及んだ。一つはこの年の七月から打ち出された住宅政策についてである。今まで住んでいた所を三万元で買わなければならない話や家を買って転居する話など。もう一つは学生の生活に直接関係のある授業料や生活費高騰の話など。

実際二〇〇〇年度から、修士生も本科生も募集数が倍増になったのには驚かされた。学生寮の建築以外は、施設設備、教授陣にしても、これらの準備がないまま進められていたからである。

この頃から学部に入学してくる学生たちにも大きな変化があったと聞いている。いわゆる一人っ子として育った人たち、経済成長とともに育った人たちの入学である。そういう意味では私の担当した学生たちは、それ以前の古い世代の面影を強く残した人たちであるようだ。彼らは幼い頃貧しいなかで育ち、そしてそのときも貧しかった。

中国に過去を探しにやってきたともいえる私は、こうした彼らの話から、あるいはそうした日々を好んで聞き取ろうとしていたのかもしれない。ここでは私の心に強く残った話のいくつかを、彼ら自身の言葉を模して記したい。

陳　貴海（男　一九六七年生　当時三十一歳　中医基礎学専攻修士生　山東省平邑市）

父母は故郷（費県）で細々農業をやっています。作物は小麦、いも、稲、とうもろこしです。（父六十九歳、母七十歳、私たちは七人兄弟です。

私が七歳のとき、一番上の兄が街の学校に入るため家をでました。私は父とバス停留所まで送っていきました。春節のすぐあとで、風が吹いていて非常に寒い日でした。兄の荷物は小さく必要な日用品だけでした。衣服は一着、丼、布団などの生活用品と勉強用の紙や万年筆です。その新しい万年筆は親類からもらったものでした。その頃故郷の人々はみな貧しかったのでしょう。父は嬉しそうにして兄に何かをたびたび言いつけていたのを覚えています。どんなことを言ったのかはもう覚えていません。

その頃、私たちのいる村を通るバスは一日一台だけでした。私たち三人は寒い風の中に立って、あのバスが走ってくることを願っていました。

バスがようやく走ってきました。すると急に兄はかばんの中から日記帳をだして私に渡してくれました。バスに乗ると父と私に手を振って何かを言っているようでした。

帰り道、私は父の目の中に涙があったことを今でもはっきり覚えています。

医師になってからは、平邑市の病院に勤めました。今妻と娘はそこにいます。近くに天宝山があり山全体が莉園になっています。春はとても美しい。その莉花を見せたいと思います。娘の小学校も案内します。娘の小学校は私人と県役所の株式の学校（官弁民助）で全寮制、週末だけ家へ帰ります。コンピューター、芸術、英会話も学校で教えてくれるのです。寄宿舎には保育員がおり娘ももう慣れたといっています。

今、大学生の授業料は年二千五百元（中国円　九八年当時）、私は修士生でここでは無料ですが、娘の授業料は二千元、食費、制服、教科書などで二千元、その他の雑費を入れると年五千元ほどかかります。

九三年、銀行の利子は十五％であったが、今は下がっています。市場経済になって物価上昇には激しいものがあります。八五年頃牛肉は一キロ二元でしたが、昨年は洪水の影響で十二元、今年は下がって八元です。その「済南市愛国主義教育基地巡礼」（史跡案内書にはこうした表題がついている）は私も持っています。以前は一元でした。今は十八元、何と高くなったのだろう。

庄　慧魁（男　一九六四年生　三十四歳　中医臨床基礎学専攻修士生　山東省臨沭県韓村鎮）

子供の頃私はとてもいたずらでした。親によく叱られました。ある秋のこと、農村では収穫の季節で、もう寒くなっていました。私は弟と妹を人力車に乗せ、農作業の手伝いに行く途中でした。道の片側に溜池があって、わたしは十歳になったばかりでした。途中、うっかりして私は弟と妹と一緒に溜池に落ち込んでしまったのです。さいわい水が浅くて無事でしたが、私たちはびしょ濡れになり、震えながら家に戻りました。

その頃私は父親がとても怖かったのです。父はわたしたち三人の衣服が全部濡れているのを知り、私を呼んで「どうしたんだ」ととがめました。震えながら、私は道での出来事をすっかり話しました。そのとき父が怒らなかったこと、き

庄慧魁の家（臨沭県韓村鎮）妻と子供たち

びしく私に「お前はまだ小さい。道を歩くときは必ずしっかり道を見ろ。農村は人が少なく道は広い。しかし都会へ行ったら人は大勢で車も多くスピードが速い。安全に注意することが重要だ。だから歩くときには気をつけろ」と言いました。そのとき父の言葉をしっかり心に叩き込んだのです。今も忘れられない父の言葉です。

十二歳のとき、母の死に遭いました。自殺です。あの溜池で見つかったのです。神経衰弱でした。生きる甲斐を失ったのです。その頃はまだ人民公社の時代で貧しい生活でした。長女十九歳、十七歳、十四歳の三人の姉に、十二歳の私と弟、妹二人、一番下の弟は六歳でした。そのとき母は四十六歳、二十四年前のことです。

子供が多く残されましたが、人民公社では人口にあわせて配布されるので、経済的には他の家より困るといったことはありませんでした。学費も無料でした。

今私は韓村鎮の医院の業務院長という身分で修士課程で学んでいます。妻と十一歳の息子は韓村に住んでいます。

父は現在六十七歳、弟と近くの大店というところに住み、わずかな農業を行っています。妹も近くに住んでいます。農家はそれぞれ契約にもとづいて農地を請負い耕作しています。集団制に拘束されることなく自主的に経営が行われています。収入は農業税と集団への一部納入分を除いて全てが自分のものになります。八〇年以後、私たちの村でも「大釜の飯を食う」、つまり無差別な報酬といった無責任な風潮はなくなりました。農村は開放経済となってよくなりましたが今なお都市よりは生活水準が遅れています。

旧暦の四月四日は清明節。この日は掃墓といって墓参するのが中国の伝統行事です。墓に新しい土を盛り、前で紙金を燃やして死者に銭を送ります。旧暦の七月十五日は鬼節です。この日も私たちは母のために紙金を燃やすのです。

金　秀梅（女　一九七六年生　二十二歳　中医文献学専攻修士生　河北省刑台市）

私の故郷、刑台市には明代の古い遺跡・清風楼があります。家に近いので子供の頃は中に入ってよく遊びました。しかし今は整備されていないといって中に入ることができなくなりました。今、街の再開発が盛んで、夏休みに家に帰ったとき、家がどこにあるか分からなくなってしまいました。近く家を買って転居する予定なのだそうです。中国は七月の十一回大会（一九九八年）で住宅政策が変わり、今住宅を買う人が増えています。

幼い頃の思い出は面白いものです。あっという間に十数年が経ってしまいました。忘れられない出来事もあります。

その日両親は工場に出勤していました。家には弟と二人きりでした。私は六歳くらい、弟と一緒に遊んでいるうちに、家の電気のスイッチを壊してしまったのです。私はこの上なく悪いことをしてしまったように思い、とうてい許してはもらえないと信じて疑わなかったのです。私は泣きじゃくりながら、思い巡らしました。そして家出をすることにしたのです。私は家を見回し、自分の考えを弟に話しました。親と会えなくなり、これから自分が孤児になると思うと、もう口を大きく開けて大声で泣きました。

そのときちょうど父が家に帰ってきました。弟が出来事のてん末を父に話すと、父はびっくりして私の手を握り締め、「電気の故障より、大事な娘を失う方がどんなに恐ろしいことだろう」と私に話してくれました。そのとき私は、一家そろって生活することが最も幸福なのだということをつくづく知ったのです。

仇　華（女　一九七七年生　二十二歳　中医婦科学専攻修士生　済南市歴城区董家鎮遠家村）

家は済南市郊外の農村です。バスで一時間ほどで帰れるので、月に一回は帰ります。父母と弟が農業をしています。小学校のクラスのうち大学へいった者は私一人、中学校の同期生では二、三人です。その他、解放軍に入った者、縫裁などの仕事をしている者、村には鍵や電線などの工場があり、村の工場へ働きに行っています。

仇華の家の屋上で（済南市歴城区董家鎮遠家村）

秋はとうもろこし、その後に小麦を植えます。二、三年前から新しい機械が入るようになりました。耕地、種まき、刈り取りなど一つの機械で行います。しかしとうもろこしと小麦の機械は違います。リースで借りて使うのです。

小麦は茎を細断して畑にばら撒き肥料にします。とうもろこしの茎は村へ持ち帰り紙工場などへ売ります。

国慶節十月一日の休日に家に帰りました。とうもろこしの実を機械ではずした後残った実を手で取る仕事をしました。二、三百本取りました。

わたしも子供の頃とてもいたずらでした。子供が家にいると散らかすので、親は外で遊べといって追い出します。子供は外へ行くと、木に登ったり遠い野原まで遊びに行きました。

あるとき小さな茶と白の子猫をもらいました。「小虎」と名づけました。家は村のはずれにあったので野ねずみが非常に多く、その猫はとても活発な猫で、一日に三匹のねずみを捕まえることもありました。ねずみを捕まえてきて遊び、見て見ぬふりをして、ねずみが逃げようとすると飛びついて押さえるのです。ある時、家を建て替えることになり、猫をおばさんの家に預けました。新しい家ができて連れ戻しましたが、家の壁が固くなったのでねずみが家へ入ることができなくなったせいか、猫はすぐ外へ出ていってしまいます。あるとき猫がねずみを捕まえて戻ってきましたが、玄関が閉まっていたので、家の周りを二回まわり、どこかへ行ってしまいました。それきり帰ってきません。

中国では「猫は好い家につき、犬は好い人につく」という俗信があります。

私の引き出しの中には、私が六歳のときに作った力作の布靴が今もきちんと入っています。それを見ると、祖母を思い出すのです。

その夏の昼過ぎ、大人たちは昼寝をしていました。私は暑くて眠れないので、こっそり祖母の部屋の窓下に来ると、祖母はきれいな布靴の上に花の刺繍をしていました。菊の花でした。黄色い花びらと緑の葉、ほんとうのようで私は一目で好きになりました。部屋に入り、自分も欲しいと祖母にねだると、祖母は「欲しいなら自分で作りなさい」と言う。私は「自分では作りたくない。祖母に作って欲しい」と言うが聞き入れてくれない。私はむっとして暗い気持ちになって外へ出たのです。すると「戻りなさい」と厳しい祖母の声。恐くなって振り向くと「座りなさい。針と糸を取りなさい」と言って作り方を教えてくれました。自分の指を三、四回刺して血が出ましたが、祖母は頑張って続けなさいと言って手を出しませんでした。長い時間かかってようやく自分でした布靴ができ上がりました。それからはいつも自分でできることはできるだけ自分でするようになったと思います。

高校生になったとき、その祖母が亡くなりました。その時の話をします。

私の村では、亡くなる前に寝ている部屋からから正面の部屋に移します。亡くなると、家族は家の門を出て道路の傍で火を燃やし泣きながらその周りを回ります。そのあと村の権威のある老人（村長など）を招いて葬式の準備をします。

遺体は入口の戸をはずして、下方に頭がくるように寝かせます。これは霊が地下へ行くことを意味しています。親しい身内のものが体を拭き、それまでに準備しておいた弔い用の新しい着物をきせ、庭には祭壇が設けられます。そこには灯明、線香、紙のお金が置かれます。死後二日、家族は死者を守って過ごします。その間に近所の人は祖母の子供である父、叔父、叔母のために白い服を作ってくれるのです。

葬送の日、庭に祭壇が設けられ椅子が並べられます。男の人は祭壇で礼拝した後庭の席につき、女の人は礼拝の後家の中に入り死者の傍につくのです。家で告別式が終わると戸板が担がれ白い服を着た家族がつづきます。近所の親しかったお婆さんたちは、その両側で香をたき、供物をそなえ紙金を燃やしてお別れしています。村はずれに自動車があり、それに乗った後村の周りを一周して火葬場に行きます。火葬場に行く人は二人、父と叔母だけです。残った家族は家へ戻り墓地へ行く準備をします。二時間ぐらいで遺骨が箱に入れられて戻ってくると、家族は埋葬の品を持って墓地に行き、穴を掘ります。穴には小さい布団や紙で作った日用品、それに遺骨も埋めて盛り土します。その前で供物をし、線香をたき、最後に紙金をたいてお別れです。

葛　常祝（男　一九七五年生れ　二十四歳　中医臨床基礎学専攻修士生　青島市平度県龍山鎮茅庄村）

十月一日の国慶節には一週間の休みがあったので、家へ帰って麦植えの手伝いをしてきました。私の村は、私が五歳になる頃まで電灯はありませんでした。その頃の点灯会はとても美しかったのを覚えています。旧暦の一月十五日は、「元宵」といって家の軒に提灯を下げて祝うのです。暗くなると子供たちはそれぞれ自分の作った提灯を棒の先に提げて村をまわりました。春節や祭りの日には新しい着物を着てご馳走を食べられるのでとても楽しみでした。

春になると父はいつも私と姉を連れて学校の運動場へ凧を揚げにいきました。凧は父が作ります。それはとても大きく美しく、高く揚がりました。私が八歳のとき、父が重い病気になり、春になってもずっと寝ていたことがあります。私は姉と相談して自分で凧を作り病気の父に凧を揚げて見せました。「お前たちは大人になった」と言って父が大層喜んだのを覚えています。

楊　佃会（男　一九六六年生れ　三十二歳　中医史内経文献学専攻博士課程生　山東省臨句県）

小学校一、二年は村の農家を使った教室で勉強しました。三年生からは近辺の農村の子供たちが集まる小学校へ行きました。私は成績が優秀だったので、中学校は六キロ離れた重点中学校に入りました。農村なので農繁期には学校が休みとなり、農作業の手伝いをします。大人が麦を刈ると子供はそれを集めるのです。草刈りや豚を育てる仕事をしました。

中学校では校舎で夜九時頃まで勉強し、夜は宿舎の一室に四十名くらいの生徒が、土間に直接布団を敷いて寝るのです。休日ごとに家に帰り、煎餅などの食料を持って学校に戻りました。私は自転車がないので友だちの自転車のあとから走っていきました。食料はほとんど野菜ばかりで肉を食べることはありませんでした。中学三年まで家に電気はなく、石油ランプでした。時計もなく、鶏の鳴き声が時間の目安です。学校へ行くまで時間が分かりませんでした。

子供の頃、科学者になりたいと思っていました。本当は小説家になりたかったのです。しかしこちらの方は作文が良くなかったので諦めました。成長してからは農村の人たちは医院が遠く医者にかかれないので、医者になろうと思いました。それで中医学院へ進みました。私は成績が良く、八人兄弟で家庭が貧しかったので「定向生《ディンシエンション》」になりました。これは学費の援助を受け、卒業後はかならず故郷に帰らなければならないという奨学生のことです。私は故郷の医院で五年働きました。

今は時代が変わり職業観も変わってきました。現在、若者たちは自動車に憧れています。私も自動車の運転が好きなのです。自動車があれば旅行その他、家族を遊覧に連れていけます。私が今一番やりたいことは自動車の運転なのです。現在は博士課程で中医文献学の傷寒論を研究しています。卒業後も大学に残りたいと思っています。故郷へ帰っても能力を生かす場所がないのです。妻は故郷で工員をしていますが幼稚園の教師になりたいと言っています。

李　運倫（男　一九六九年生れ　二十九歳　中医内科学心血管専攻博士課程生　江蘇省徐州市）

父母は鉄道兵だったので、叔父叔母の家に預けられて育ちました。鉄道兵というのは一九六〇年から一九八四年まであった鉄道敷設のための軍隊のことで、全国を移動して鉄道敷設の仕事にあたりました。

小学校は五年、十一歳まで。校舎はないので農家を借りた教室、教師も農民から選ばれた人で、一人の先生が一年から五年生まで三十名の生徒を教えました。教科は数学と国語。労働参加として草刈りなどをしました。勉強をあまりしていなかったので、テストで良い成績がとれず、重点中学に入ることができませんでした。小学校時代一度もテストを受けたことがなく、宿題もなく、ただ遊んでばかりいました。趣味というようなものは今に至るまでありません。

現在は二階建ての新しい小学校が建ち教師も学校を出た人たちです。私が小学生だった頃は、教師も農民だったので先生は家へ帰ってから自分の食料のための農作業をしなければなりませんでした。中国は昔は農業社会であり、一部の支配層以外はすべて農民でした。金がなければ勉強できず、ごく少数の人が勉強して官僚となりました。一九七〇年代の文化大革命の頃も若者は勉強できない状態にありました。若者は農村へ働きに行き、都市へ帰ってからも工場で働くことを望みました。一九七八年以降、改革開放が進むと、若者は郵便、電信などの仕事につきたがるようになりました。

中学校以降は鉄道建築の仕事をしている父母と生活するようになり、高校は土木工程学科で学びました。それから専門の異なる中医薬大学に進んだのです。しかし、私は医師という仕事が好きではありません。中国は医療に関する法律が整備されていないからです。中国人は商店で買い物をするとき、偽物をつかまされないかよく注意します。それと同じように医者にかかる場合にも必ず治ることを要求するのです。病気は治るとは限りません。私は今も仕事を変わる機会があれば変わりたいと思っています。

金　星（男　一九五九年生れ　三十九歳　中医史臨床文献学専攻博士課程生　山東省済南市）

私たち一九五五年から一九六五年生まれのものは人口が多く、その頃済南市には百の中学校があり一校二千名、一クラス六十名でした。一九六五年に小学校に入りましたが、一九六五年から文化大革命が始まり、学校がなくなったので千仏山などへ行き遊んですごしました。その頃中高生は汽車賃が無料だったので、全国旅行して歩くことができました。私が小学四年生になったとき学校が回復、五年生まで小学校に行き中学校に進みました。中学校四年生のとき労農兵として農村へ行きました。この頃の大学は農業・工業大学といい、労農兵は推薦で入り試験はありませんでした。一九七七年大学入試が再開され、私はこの試験を受けて大学に進みました。中学校で勉強した教科は、数学、国語、英語の他に物理に相応するものは工業科学、生物に相応するものは農業科学で現在の自然科学の内容とは大分異なっています。政治の学習が多く、毛沢東の文章を読んだり書き写すものでした。一九七七年の大学入試の内容もほぼこうしたものであり、現在とは大分異なっています。

史　学文のこと

（一九七二年生れ　二十七歳　中医外科学修士生　甘粛省天祝蔵族自治県松山郷馬溝）

「子供の頃の思い出」と題して日本語作文を課したことがあった。その中で彼はこっそり家の旧い自転車を引っ張り出し、自転車の三角に足を入れ練習していた日の出来事を書いていた。坂道まで来ると突然横の高い道から男の子がスピードを出して飛び出してきて衝突してしまった。意識を失った男の子を見て死んだと思った時の恐怖と父親についての思い出である。後に彼の故郷を訪ねる機会があり、そこは彼の作文から想像していた風景とは全く異なる、土色一色の世界であることを知った。

その頃、中国では学生の大学への割り振りは、国が地域と成績により決めるものであったので彼は遠く離れた済南の中医薬学の学生となったのである。理由は聞いていないが彼は修士一年を終えると一年新聞社で働き、再度修士生として復学した学生であった。難なく日本語でコミュニケーションをとれる会話力も身に付けていた。彼の家は甘粛省の省都「蘭州」から「武威」「酒泉」をまわるシルクロード「河西回廊」の沿線にあるから案内したいということで何度か彼の故郷行に同行したのである。

済南から蘭州まで特急列車で三十時間余り、長旅の道すがら黄土高原の広大さにも驚かされたが、チベット族自治県の「天祝」までさらにバスで三時間、そこでまた乗り換えた車で二時間余り、乾燥した台地にある彼の故郷のその厳しい状況にまず驚かされた。青稞という乾燥と寒冷に強い麦は痩せて短くそして疎ら、山羊の放牧もこの乾いた台地のどこに草があるのだろうと訝るような状況だった。彼の故郷は「馬溝」という名が示すように、民国時代ここは蒋介石軍の軍馬の放牧地だったのだという。もともとチベット族の居留地であった所へ、解放後「武威」の方から生産大隊として彼の父親の世代、漢族の青年たちがここへ入植させられたということだった。家々は黄土の土壁を一方の壁にして中庭を三方囲んだ手作りの家である。入植して五十年、父母に次兄夫婦とその子供たちが山羊の放牧で生計を立てていた。父親は七十歳、母は私より若いというのに私の父母くらいの年齢に見えた。土色一色の村は二十軒あまり、民家とさして変わらない学校もあり、低学年一、二年生のみここに通う分教場になっていた。村に一軒日用品を売っているらしい小さな赤い看板を出している家もあった。

二〇〇〇年六月末、最初に訪れた時は二年間の日本語教師の契約を終えて、青海省の「青海湖」行きを目的とした旅だった。その翌年は修士三年の卒業式に参加した後の六月末、シルクロード巡りもかねてかれの親戚めぐりの旅に同行した。彼の叔父にあたる人の家は「敦煌」の南、粛北モンゴル自治県「蘆草湾」にあった。車を雇い「玉門関」から漢代長城、河倉城を回って「陽関」に出る。王維が安西に旅する友に「陽関を出れば故人無からん」と詠った陽関である。そこからラクダが放牧されている粛北の砂漠を走り続ける。彼の叔父も、解放後生産大隊の開拓者としてこの細長い甘粛省の西端に入ったのだった。途中道路工事で車は行けず、三輪車に乗り換えて向かっ

学文の家族
後列左より長兄夫婦・次兄の妻・私　前列　父母と次兄の子

天祝蔵族自治県松山郷馬溝・史学文の家　自転車が見える

た。「蘆草湾」は父の住む「馬溝」に比しはるかに条件の良い土地であった。その名のように砂漠の中の低湿地なのだろう。玉蜀黍は丈高く育ち、叔父に案内されて巡る畑地は実り多いことを感じさせるものだった。たまたまの甥の訪問に親族は急きょ集い歓待してくれた。

「酒泉」(粛州)、「張掖」(甘州)と河西回廊を下って彼の父たちの故郷、夜光杯で有名な「武威」(涼州)郊外の叔母のところにも立ち寄った。そのあと彼の長兄の住む「天祝」まで下って宿泊した。長兄はチベット族に属している。妻はチベット族、子供が二人持てるというのがその理由らしい。長兄は彼が頼りともしまた自慢にもしている人だ。会社勤め、三LDKにしつらえた洋風の住宅に住む。妻は市場で洋服店を営んでいた。洋服店といっても幾人もの若い娘たちに洋裁を教えながら仕立てと販売をする店だ。

「馬溝」の家に向かう途中、彼の嫁に行っている姉が脳梗塞で入院したというメールが入った。急きょ病院のある「永登」へ自転車タクシーで走った。まだ三十代なのに脳梗塞で倒れるとは、厳しい労働と食生活のせいであろう。中国の病院は問診部と住房の二つに分かれている。夫である義兄や妹、父や親族が大勢集まっていた。頬赤く

甘粛省　粛北モンゴル自治県蘆草湾の叔父董槐園と家族

叔父董家の孫たち　土産のウイグル帽をかぶっている

日焼けして横たわったまま、彼女は付き添う夫に私への食事の接待をするようにしきりに頼むのである。

その後、天祝県に「水月会（注）」の中日友好小学校が建設されることになって幾度かここを訪問し、その都度長兄の家でお世話になった。この頃から「西部大開発」についての話題が盛んになって道路工事に出くわすことが多くなった。山頂まで耕して褐色化した段々畑の山の中腹に「退耕還林」と大スローガンが掲げられ、山の斜面には段差を設けて若い木が植えられ始めていた。この辺りはその年の雨の多寡により風景が一変する。確かに十幾年もすれば山に緑が蘇るに違いない。蘭州のホテルでも「西部大開発」をテーマとした全国会議にでくわした。

天祝蔵族自治県「周家巌中日友好学校」は二〇〇四年九月に完成した。それぞれ三キロ離れた「周家小学校」と「野雉小学校」の中間の土地に建てられた統合小学校である。白亜のモダンな建物ではなく従来の赤レンガ平屋、平行型の学校だがそれはまたこの土地の質朴さと、他の学校並みになりたいという彼らの夢を表しているようにも思えた。

最後に「馬溝」の彼の家を訪れた時、彼の父は亡くなっていた。その日はストーブ

頂上まで耕された甘粛省の山

天祝蔵族自治県華蔵寺鎮周家巌中日友好学校完成式
中央は校長　右 水月会会長大谷暢顯師

のある部屋の㶶（ストーブの煙を通して床下から温められる居所）の上で、女四人（私、長兄の妻、学文の母、彼の従妹）が共に寝た。翌早朝、泊まりこんでいる運転手の車で牧草地の丘陵をこえ父親の墓参りに出かけた。墓地は「風水」によって選んだのだそうである。ソファーのように丘陵を背にし南が開けた見晴らしのいいところだと学文は言う。三角錘状の墓の前で沢山の紙貨を燃やし、学文は父親の好きだった煙草に火をつけ酒と共に供えた。野菊に似た小さな花が咲いていた。私は幾度か訪れた旅ごとに、家族に別れを告げ車に乗り込む学文はいつも涙ぐんでいたことを思い出していた。

あれから十幾年、その間一度陳貴海が富山大学に研修に来ていると言って訪ねてくれたことがある。彼らは中堅の漢方医師として忙しくなり、東北大震災の時見舞いの手紙を貰って以来私も中国語メールが不得手なままになっている。

注　水月会　83ページ注参照

山家慕情

――巣原ものがたり――

1

こんの茂右衛門《もよもん》　茂右衛門《もよもん》は、
朝の六つに起きられて
あちらへ向いてはほろと泣き
こちらへ向いてはほろと泣き
おれのお背戸に腰掛けて
何が悲しゅうて泣きしゃんす
何も悲しゅうはないけれど
俺に子もない嫁もない
もちと待たしゃれ秋八月に
鮎《あい》の吸もん二の膳据えて
とってあげましょ花嫁を
ショゲナ

（西谷手毬歌）

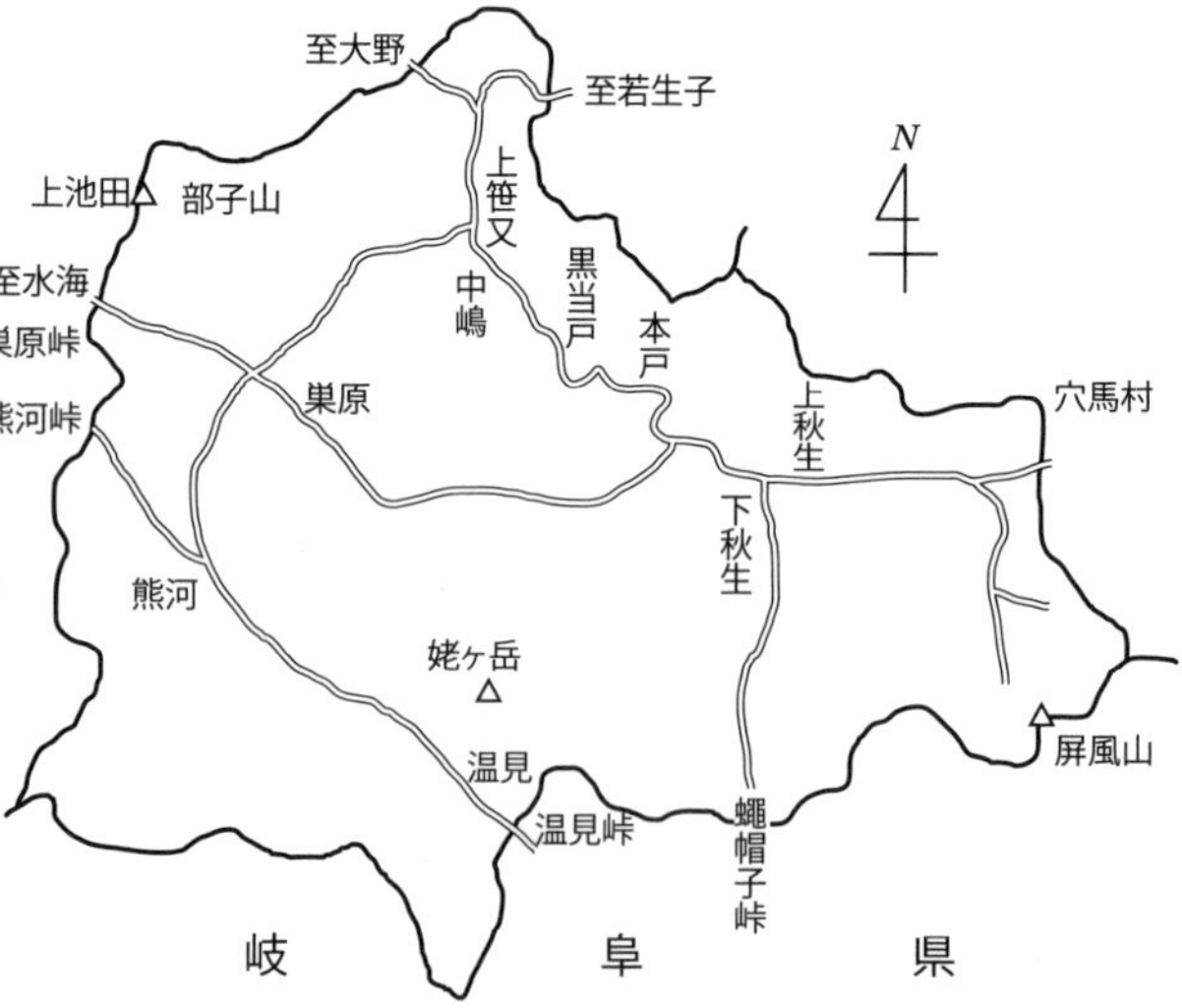

旧大野郡西谷村

惣道場《そうどうじょう》（村の仏道集会所）で、またわらわたちがまり遊びを始めたのに違いない。裏山の斜面からなだれ落ちるように、ブナの立ち木がザヤザヤとかしいで、道場前の広場にほどよい日陰を作っている。時折、まりを追うわらわが木陰から走り出てくると、その振り動かす頭《かしら》に夏土用の日ざしがチカチカと反射する。奥池田（巣原《すわら》）のわらわたちは、たいそう注意深く手まりをつく。惣道場《そうどうじょう》の広場は村で一とう広いのだが、いちど手を滑らすとまりはひと弾みで広場をとび越えて、すぐ下の岩段の路から与三兵衛《よぞひょうえ》の家の背戸、源助《げんすけ》家の背戸とつぎつぎに転がりぬけて、下の谷まで落ちてしまう。

春にしっとりとしたぜんまいの綿毛を、両手いっぱいに集めておいて、お婆に手織ばたの端《はし》切り糸をせびる。短い端糸を長く長く結びつなぐと、固くまるめたぜんまい綿に、糸並びをきちんとそろえ、幾重にも巻き重ねてまりを作る。その糸の締めぐあいにコツがあって、ほどよく巻きあげた手まりはよく弾んだ。

トキは種まきに使う肥《こ》え荷を背負って、山の常畑《じょうばた》まで担ぎあげる。雨に洗い流されて自然に村道となったこの急な岩段の坂を登ると、上にはゆるやかな傾斜が広がっていて、秋野菜や、芋の畑があった。土留めの石垣の下を縫うようにして登るこの坂道は、七折れ八折れに屈折していて、荷はすべて背で負って担ぎ上げねばならない。肥え荷がゆらゆら動かぬように、トキは背をしっかり伸ばして、道場の横まではいっきに登った。

「よいしょ」

石垣に背の荷の重さを寄りかけて一息つくと、胸でせいていた熱気がいちどに頬に吹き上がってくる。肥え荷を石垣に押しつけて、肩にくい込んだ負い縄をずらすと、自然に空を仰ぐ形になって、土用の日ざしがきらきらと眩しい。

今登ってきた坂道は、きつく折れ曲がったところで、わら屋根や石垣にところどころ隠れながら谷の方へと続いていた。向かいの山がすぐ迫っている村下の谷は、もう深々と陰っていて、その深みからひと流れの風が吹き上がってくると、頬の熱気はたちまちに、さらさらと乾いてしまう。

このあたりの谷は深く狭い。山を急流が深く削って、谷は荒々しく剥《む》きだした岩肌をつらねて、狭く深い峡谷をなしている。春には多量の雪どけ水が浅い地層をいっきにくぐり抜けて流れ落ちるから、深い谷川もたちまちに満水して、雪折れの枝木や岩の塊が岩壁にぶつかりながら水煙りをあげて流れる。

増水時の激流を避けて、村は谷を登った山腹《やまはら》に、それぞれの適地をみつけて不規則にわら屋根を並べていた。谷から登ると厳しい七折れ八折れの坂道も、さらに登って山頂近くに出ると、山はゆるやかな広がりを見せて、視界はいっきに開けた。

谷の荒々しさに比し、山頂あたりには、古い風雨にやわらげられた平坦な地層がゆるやかな曲線をつらねていて、山はやさしさに面《おもて》を変えた。この山頂の平らかな山々の峰が南方へと続く谷あいに奥池田（巣原《すわら》・熊河《くまのこ》・温見《ぬくみ》）の村々があり、さらに折り重なって続く山並みのきわに能郷《のごう》白山の藍色の山峰がそびえている。その西肩のあたりに、これも頭の平らかな鞍部山が峰を並べている。前方には、姥《うば》ケ岳が大きく山脚《やまあし》をひろげて夏空を切っていた。その後ろ肩からも高さを揃えた山並みが波状につらなって、ここ南中山西の谷の輪郭を作っている。村うえの常畑から北に続く裏山を越えて東方にまわると、蝿帽子《はえぼし》峠へ登る笹生《さそう》谷が見える。

……ハエボシ峠はあのあたりじゃろか……

毎年、春になると、美濃《みの》の牙人《がじん》（仲買人）が、蝿帽子《はえぼし》峠を越えて冬仕事にすいた手漉き紙を買いにやって来る。おとうは大野へ出すよりも美濃の方が値がいいといって、雪がすっかり消えてからやって来る美濃の牙人を待って紙を売った。

今年も紙牙人が来たと伝わると、男たちは紙を背板につけて裏山を越え、笹生《さそう》谷の秋生《あきう》まで運んだ。美濃の牙人はここで谷々からの紙を集め、歩荷《ぼっか》（荷担ぎ）をつらねて帽子峠を越えるという。

おとうが紙と交換して持って帰る木綿や塩やにしんにまじって、時折、くす玉や色つきの紙を見つけると、トキはもう嬉しゅうて眠れなかった。

「のう、あきんどはどんな風じゃった？」

「のう、美濃はどんなところじゃ？」

トキがせっついておとうに聞くたびに、おとうはいつも同じ話をくり返した。

なんでも、蝿帽子峠はえらい難所だけれど、美濃に通ずる峠ではいっとう低く、秋生から蝿帽子川を登って一日がかりで峠越えすると、美濃の方にはゆるく傾斜していて、大野へ出るよりはずっと近いという。峠下の大河原で一泊して、紙はその在所の紙といっしょに、根尾川を下って、美濃の紙問屋まで運ばれるという。

「のう、トキ。ワエのやる漉き紙のしかたも、昔、美濃の方から習うたものじゃで。

昔しゃこのあたりゃ、美濃の方と親しかったじゃと。人や物はみな美濃の方から来たんじゃ。それがハエボシ峠に関所ができて、人や荷の出入りを厳しゅうしてから、峠を越す人も少のうなって、越前の入り口が今じゃ越前の奥地になってしもうたんじゃ」

「なんでハエボシ峠に関所ができたんじゃ」

「越前が攻められるときゃ、何でもこのハエボシ峠から軍勢が入ったんじゃと。ホレ、トキも知っとるように、下村の中島に殿さんがござったときじゃ。何でも戦のときゃぁ、秋生から若生子まで、笹生川の谷はみな火をかけられたんじゃと。谷は、三日三晩燃え続けて、死人が川を流れたんじゃと。こん村は、谷違いじゃで、難儀は受けなんじゃがのう」

「今もハエボシ峠に関所があるんけえ」

「今はねえ。国が治まって長う経つじゃで。大野の殿さまは、山の登り口の若生子《わこうご》に移して番所にしたんじゃ。ここは難儀な山じゃで、戦《いくさ》の心配がないときゃぁ、登り口の番所で荷や人の出入りを調べりゃ足りるでのう。じゃが、山の者にとっちゃぁ、大野からの往来も番所があって不便じゃし、美濃からの出入りもとんと少のうなって不便なことよのう」

「ハエボシ峠まで行くと、美濃の国が見えるじゃろうか」

「ほりゃ、見えるじゃろうとも」

「おとうは行ったことがあるんけえ？」

「ねえ。用がねえ」

「村の衆で誰か行ったもんがあるじゃろうか」

「そんなもんは、弥兵ヱんとこのモヨモンぐらいなもんじゃろうのう」


蝿帽子峠は、姥ケ岳につらなる山並みの肩に隠れてここからは見えない。

……いちど、ハエボシ峠に行ってみたか……

トキが美濃の話を聞きたがるごとに、おとうが指さして教えてくれた東方の山並みの端は、ちょうど昼下がりの日に輝いて、峰風に吹かれた夏雲が一片、急ぎ隠れ込んでいくところだった。

上の常畑では、そろそろおっ母が種まき用のくわ入れを終わって、トキが登ってくるのを待ちかねているに違いない。

「よいしょ」

トキが石垣に寄りかかっていた背を起こして立ち上がったとき、広場の木陰から弥兵ヱんとこのエイがじゅばんの裾をひるがえして飛び出してきた。石垣からひょいと小さな黒い素足をおどらせて飛び降りると、大あわてで坂を駆けくだっていった。

「手伝《つた》いせえー」

おおかた、おっ母にきつく言われていた仕事を思い出したのであろう。

「弥兵《やひょう》ヱんとこも帰ってきたじゃ」

「ほう、いちばん遅い弥兵ヱんとこが帰ってきたなら、これで村じゅう揃うたんじゃで。盆も近いのう」

思いっきり腰をかがめて後ずさりしながら、秋野菜の種を指のあいだからポロポロ畝にまきこんでいたおっ母は、腰を伸ばしてトキをふり返った。

夏の土用入りになると、遠く焼き畑の出作り《でづく》り（畑が遠いため農作業の期間中小屋掛けしてくらす）にでている家も、ぼちぼち村へ帰ってくる。弥兵ヱんとこはお婆だけを村に残して、村でもいっとう遠くまで出作りにでていた。

「こん頃わぁ、ムツシ（囲い込み地）が多うなって、小前のものはめっぽう遠くまで出にゃならんでのう」

留守居のお婆は、屈みこんだ背をいっそう小さくまるめて、よくこんな愚痴をこぼしながら梅雨ごしの稗《ひえ》を干し場のむしろに広げていた。小さく屈んだ背に比して、袖口から伸ばした枯れた腕はやけに長く、節だった大きな手のひらは、他の生きもののように力強く見えた。坂道を人が通り過ぎると、その不釣合いに大きな手のひらを目の上にかざして、お婆はひとしきり見送るのだった。

弥兵ヱんとこの焼畑は姥ケ岳にある。この常畑の作道から峰まで登って、小半日も歩いてゆるやかな山林を過ぎると、姥ケ岳の西の山ずそに出る。そこはもう村の入り合い山で、この村のものなら誰でも自由に伐採ができた。

春、トキがおとうについて、ムツシはずれの切りかえ畑へ山焼きに行った時、こんど拓《ひら》いた弥兵ヱんとこの焼き畑が見えた。姥ケ岳の峰にはまだかなりの雪が残っていて、山の西腹あたりの雑木の合い間から、山焼きの煙が湯気のようにほの白くゆらいで見えたとき、おとうがそれを教えてくれた。

「弥兵ヱんとこはオジ（生涯結婚しないで作男として働く叔父）がいるでええ」

トキが肥えに土手横の川水を混ぜて畝にまき込むと、おっ母はそこに種をおろし、石混じりの畑土から小石を丁寧にわけ除きながら浅く土をかけた。

「よそ村とは違うて、ここじゃぁ、小前の者でも分家させるが村の風じゃに」

おっ母は、オジの手があって、弥兵ヱんとこの焼き畑が徐々に広がってきている妬さも暗に含めて、弥兵ヱんとこを非難する。

「モヨモンは何で嫁をもらわんのじゃ」

「オジに生まれた者は、ワメ（自分）で嫁作って新畑拓く甲斐性がなきゃあ、一生下《げ》屋《や》ずまいじゃて」

茂右衛門はめっぽう足が速く、山歩きの時など、誰も茂右衛門にはついていけぬという。

ひょいひょいと坂を駆け登って、サルバカマから剥きだした細い脛《すね》はたちまちに見えなくなってしまう。つれの者がやっと追いつく頃には、もうそのあたりの探索を済ませて、雑木のあいだからのっそり現れるのだった。

トキが茂右衛門を村なかで見かける時はたいてい夕餉《ゆうげ》前、わらわたちがおっ母に呼ばれそれぞれのわら屋根の中へ散っていく頃だった。夕暮れの色がしだいに濃くなっていく下屋横に腰をおろして、ぼんやり暗い谷の方に目を放っていた。

日がすっかり沈んでも、このあたりは東方の山峰《やまみね》が長いあいだ薄明るくなっていて、谷の方から這い上がってくる黒々とした闇に一帯が包み込まれるまでには時間があった。夕暮れどきの谷風はたいていいきつく、谷川の匂いがした。骨ばったヤマギジバン(山着襦袢)の背を谷風にばたつかせながら、茂右衛門はバッタのように足を折り、膝を両手で抱えていた。

こんな時、わらわが一人で通りかかると、大あわてで駆け抜ける。五、六人群れになって通るときには、威勢よく、「いちっ、にっ、さんっ」と声を揃えて大声ではやした。

こんの茂右衛門　茂右衛門は
朝の六つに起きられて
あちらへ向いてはほろと泣き
こちらへ向いてはほろと泣き

おれのお背戸に腰かけて
なにが悲しゅうて泣きしゃんす
………………………………

年かさのわらわがはやし始めると、いつもはいじめられ役のわらわも鼻汁をすりながら一層大声をあげた。

わらわたちの中には、野生の残酷さが潜んでいて、常軌からはずれたものの、怖さと弱さを敏感に嗅ぎとると、群れの力を借りてそれをさらに打ちたたく。

茂右衛門はほとんど反応しなかった。ただわずかに頭を動かして、わらわたちの方を見返した。その洞《ほら》のような暗い眼にあうと、悪童たちは、

「ワーッ！」

と声をあげて逃げ散った。

「モヨモンは、口きかん分だけよう働くでのう」

髷を包んでいた手ぬぐいをはずすと、おっ母は曇らせた眉元の汗をぬぐった。

トキは今年の小正月、十五になって、村の娘宿に入れてもろうた。春近くなって村まわりの雪がゆるみ始めると、

「宿作るまいか」

とふれがまわって娘宿の春夜なべが始まる。そろそろ始まる焼畑仕事のために、在所の家を一夜ずつ、娘たちがその年必要なだけの蚊火《かび》（蚊よけ）を賑やかに作ってまわる。ぼろ布を稗、粟のからで固く包んで藁《わら》できりきりと巻き上げる。尺足らずのものから尺余りのものまで、長さを色々に巻き上げて作っておくと、山仕事にあったものを選んで下に火をつけて腰に下げる。山のきつい蚊やブヨを追うには、蚊火を腰でもくもくと燻《くすぶ》らせねばならない。

娘たちが宿を作っていると聞くと、若衆宿は稗酒の勢いをつけて押しかけてきた。その日の蚊火作りの宿を知られぬよう、娘たちはこっそり打ち合わせて宿に集まるのだが、若衆宿はわらわなどを使って、その夜の宿を探りあて、頃合いを見はからって、

「藁《わら》が足りぬと聞いて持って参りやした」

と奇襲をかける。

「あひょっ！」

娘たちの大仰な嬌声が起こって、宿ははじかれたように賑やかになった。外はまだ凍てつく寒さなのだが、囲炉裏《いろり》をめぐって円陣を作ると、娘たちと若い衆は蚊火作りの手をせわしく動かしながら、多勢のいきおいをつけてやりこめあう。

思うて通えば石原道も
　　　真綿ふむよな気で通う
若いお方の空念仏は
　　　神やほとけもおかしかろ
かわいらしなと目で見たばかり
　　　一夜寝もせん添いもせん
月夜なら来い闇なら来るな
　　　闇の夜にきて打たれるな

歌の合い間にはさまれる悪口《あっこう》に、さざめく笑いの渦の中にあっても、茂右衛門は一人黙々と蚊火作りの手を動かしている。もう茂右衛門は若連中の年齢をかなり過ぎているのに、若連中の集まりには几帳面に顔をだす。かといって、問われなくては何ひとつ話すでもなく、若い衆とのつき合いを楽しんでいる風でもなかった。

その日の宿は、村の庄屋の庄左《しょうざ》とこだった。庄左衛門は、上機嫌でヨコザに座って、若い衆のために上物《じょうもの》の薪をつぎたして囲炉裏の火をかき立てる。煙り出しのないこの在所の家では、煙りは板間全体に広がって、天井裏に抜ける。いい薪を焚くと、板戸や屋根裏は黒光りしていい艶になった。

庄左衛門は娘や若い衆の話にあいづちを打ちながら、満足げに板戸の艶のつきぐあいをながめていた。

娘宿のユイ（共同作業）がまわってくると、各家とも、とっておきの材料で最上のもてなしをした。

「この頃は、紙の値がええちゅうが、皆きばって紙漉《す》いたかいの」

庄左のおっ母は、囲炉裏の大鍋に稗と小豆の粥《かゆ》をたっぷり入れて、大箸《はし》で混ぜながらゆっくり煮込み、そこへ南瓜を切りこんだ。

「苧《お》績《う》み（麻をよって糸を作る）はつれと集まってできるけれど、紙漉きは紙屋でおっ母におこられどうしじゃ」

「紙漉きはつらか。紙屋は寒うて、ぞうりが土間に凍りつきよる」

「楮《こうぞ》たたきも、紙干しも、紙は加減がむずかしゅうて」

娘たちが口々にくどくと、

「よい紙作る娘がよい嫁になると。それにこの村の紙は、美濃でも上物《じょうもん》だちゅうて美濃からさぁ、京まで運ばれるんじゃと」

庄左のおっ母が口を入れると、庄左衛門もあいづちを打って、

「この村の帳紙《ちょうがみ》は、美濃尾張じゃ越前の薄口紙ちゅうて重宝がるんじゃと。色はようないが筆すべりがええ。強うて虫もつかん。火事のときにゃぁ、このまま井戸や池の中に投げ入れると、幾日水ん中に入れといても、破れたり文字が消えたりせんのじゃ。何ちゅうても、ほんまものの生漉《なます》きじゃでなあ。皆、きばって漉きなされよ」

庄左衛門が新しい上薪《まき》をつぎ足すと、囲炉裏の炎はいちだんと大きく明るくなった。照りかえった娘や若い衆たちの顔々の陰から、その時、低い茂右衛門の声が聞こえた。

「紙もだんだんむずかしゅうなる。大野の方じゃ、紙改《あらた》めを受けんと内々に売っとる

者は、隠さず申し出るよう、きついお触《ふ》れが出ておるんじゃ」

茂右衛門はあいかわらず手を休めないで蚊火を巻き上げながら、ひとり言のようにボソリと言った。

「茂右衛門はよその事にくわしいでのう」

この場違いな低い声を、若い衆の一人が冷やかして取りあげると、さらに茂右衛門の声が続いた。

「大野藩は、米は不作じゃし、借金、借米で困っておる。それに、どんどん物の値段が上がっとるんじゃ。今、蝦夷《えぞ》にいい値で売れるゆうて、商人が四文銭を買いあさっとる。それで銭相場が上がるんじゃ。黒船の影響じゃゆうが、今はどこも物騒《ぶっそう》なけはいじゃ」

互いに見あわす顔々の間から、トキは思わず膝をのり出した。

「なんと四文銭が売れるんじゃと？」

「さあさあ、小豆粥ができた。南瓜を入れたじゃてうまかろう。ほれ、お熱いところを食べさっしゃれ」

白けた座を庄左のお母が愛想のいい声でとりもった。

「ほれ、モヨモン、あれがハルの姪っこのトキじゃ。ハルの若けえ頃によう似ておろうが」

茂右衛門は、その時はじめて蚊火巻の手をとめて、顔をあげてトキを見た。あの眼だ。夕暮れの中で、囃し立てる悪童たちの方を、じっと見たあの洞のような暗い眼だ。トキは思わず身をすくめた。


種まき仕事が終わって、二人がほっと腰を伸ばしたとき、畑はすっかり傾いた夕日を横あいから受けていた。石礫《こいし》の多い畑土も、今はきれいな縦縞《じま》を作って、なだらかな球面のようにふくらんで見えた。

「今年の作柄《さくがら》はどうかのう。ここんところは冷やっこい年が多うて、穫《と》高が落ちとるでのう。冬も越されん日にゃぁ、ムツシ(囲い込み地)を質入れせんにゃならんのじゃで」

帰り仕度を整えるおっ母の影法師が、畝《うね》を横切って伸びたり縮んだりした。

山の下の方ほど夕暮れは早い。トキとおっ母が畑を後にして道場横まで来たときには、もう、木立やわら屋根は深々と夕闇のなかに沈んで、石路《みち》だけがほの白く浮いて見えた。その濃い暮れ色の方へ、一歩一歩降りていきながら、

「オレはハルおばに似ているかえ？」

トキが問いかけると、

「ああ、トキはハルにそっくりじゃ」

「モヨモンはハルと親しかったのかえ？」

と、鍬《くわ》を肩にしたまま、おっ母は突然立ち止まってトキを振り返った。

2

十三日の盆入りは、明け七つの草刈り太鼓で始まる。

ドーン、ドーン、………

道場の太鼓が時を告げると、空は東の方の山ぎわから、うっすら白みはじめる。まだ暗く深い朝もやのなかに、ぼつぼつ人の動く気配がしはじめる。

村下の方で起こりはじめたざわめきが次第に大きくなると、ひたひたと、幾つもの足音が登ってくる。すっかり明けきらぬまでに着くようにと、村の衆は深い朝霧の中をそれぞれの草刈り場へと急ぐ。

十三日は、おショウライ（精霊）迎えのための草刈り盆で、お婆からわらわたちまで、さっぱりしたヤマギジバンに着替え、総出で草を刈って肥え草を作る。夜が明けきらぬ間の、露をたっぷり含んだ朝草は、さっくさっくとよう刈れた。

この日は、村の入り合い山、他人のムツシのどこへ入ってもよく、張り合って刈るので皆精がでた。男衆は、冬の雪囲いのための、萱《かや》を刈って束にして干す。背丈より二、三割り高い萱草を一抱えの束にして九束作る。若い衆は村仕事の道草刈りにでた。村境から向かいの山の麓までおショウライ迎えの道草を刈る。

新草刈はナーエ　誰が刈りそめた
ハイヨー　サーサ　飛騨の甚吉と
ホーイ　寅の助
（草刈歌）

向こうの谷あいから威勢のいい声が聞こえると、こちらからもまた大声で歌いかえす。日がすっかり昇りきる頃には村まわりの丈高い草むらはきれいに刈り取られてさっぱりとなった。

午後からは仕事休み、男衆はそれぞれの家に盆棚を作る。おっ母やお婆は、盆料理の下ごしらえに取りかかるから、わらわたちはもう嬉しくて仕方がない。

昼過ぎになると、若い衆は谷川の上流へ行って岩魚《いわな》を取る。岩立った村下の渓流を上ると、右手の山谷からも谷川が流れ込んでいて、山ずそが三方から寄り合ったところで川幅は急に広がり、流れが緩やかになる。夏は川水が少なく、洗いさらされた白石が続いていて、浅瀬では川底の石にゆらゆら水の陰が映る。深みも明るい水色をしていて、岩魚が岩間から岩間へ、ひらりと背をみせて隠れこむのもよくのぞけた。

夏といっても、谷川の水は切れるように冷たい。下に堰《せき》を作り、山椒《さんしょう》や胡桃の枝、囲炉裏の灰をカマスに入れ川に沈める。若い衆入りした年若い者から、順に水に入って裸の肩を組み、

「ヨイショ、ヨイショ」

勢いづけて踏むと川が濁り、岩魚は白い腹をみせて浮きあがった。と、裸の列は一度に崩れ、水しぶきとともに奇声を上げながら競って岩魚を手づかみにする。

「ひょーっ！」

次々に岸の大ざるに投げ入れると、岩魚はたちまちに大ざるいっぱいになった。こ

れを威勢よく村へ担いで帰って村中にわける。残りは若い衆宿の夜の酒宴の肴となった。

十四日はたくもん（焚き物）盆で、村じゅう入り合い山に入って薪作りをする。この日も午後から半日休む。若い衆は道場の広場にやぐらを組み、柴木《ばいた》をあつめて耀火《かがり》の準備をした。

十五日には、嫁に行った娘たちが帰ってくる。秋生村へ嫁入ったハルが、シゲを連れて帰ってきたのは昼過ぎだった。おっ母は盆のご馳走を作り終えて、豆腐、こぶ巻き、煮しめを盛りつけていた。

「ようお帰り。子連れの山越えは難儀《なんぎ》じゃったろうに」

「あねさん、お世話になりますう」

ハルは手桶に水を汲んで足を洗うと、盆棚にみやげの品を供えた。

「トキは十五じゃで、今年はオレが島田に結《ゆ》うてやろうのう」

ハルがほつれた髪をかき上げながら櫛をはずすと、めっぽう肉の落ちた背にシゲが飛びついてくる。

「シゲ、おばちゃは何といった？　えこうなって、かしこうなったとゆうたじゃろう」

シゲにほほ笑みかけながら、ハルは背に手をまわしてゆらゆらシゲを揺り動かすと、その細くなったうなじの後ろから、シゲはふくらんだ顔をのぞかせる。

「ねえさん、仕事はきつうないか？」

シゲを抱きとりながらトキが問うと、

「次の子が流れてから疲れやすうなってのう。夜の粉ひきが一番こたえる。嫁は畑仕事をしもうてからも、明日一日分の粉をひかにゃならんでのう。トキはのう、ええなじみ（馴染み）を見つけやれ。同じ在所がよか、里が近うてのう」

ハルはトキに手鏡を持たせて、髷《まげ》の根元の元結《もとゆい》をはずすと、髪は一度に肩に流れた。

「おお、ええ髪じゃ。美くしか」

ハルがトキの髪を梳きはじめると、

「シゲ、玉蜀黍《とうもろこし》がいいあんばいに焼けたぞい」

囲炉裏の方からおとうの声がした。

その夜はおとうも大事にしている白木の椀をだして、稗の濁酒《どぶろく》を大分飲んだ。盆祭りの夕飯がすむ頃から、
ド、ド、ド、ド、ドドド………

道場のひろばから太鼓が鳴り始める。道場の方角に明るい光りの輪が浮かび上がった。
トキは麻の長着に手を通した。おっ母が白い紙を巻いてくれた紙緒《お》の草履が足にまぶしい。

盆の月の出は遅い。パチパチ柴木《ばいた》をはじかせながら、耀火《かがり》は勢いよく燃え上がっていた。道場前の広場は円形に照らし出され、ブナの木立や道場の大屋根は、耀火が明るい分だけ黒く大きい翳《かげ》りを作って、光りの輪の周りを隈《くま》どっていた。その暗い翳りの上方でときおり、ブナの木立が重々しい枝を動かす。

茂右衛門は、いつものヤマギジバンのまま、耀火の世話をしていた。耀火のそばで動くごとに、赤々と照らし出された半身と、濃く翳を作った半身が様々に変わる。集まり始めた華やぎにはいっこう無関心のように、骨ばった背をみせたまま、火守《ひも》りのように黙々と、耀火のまわりを動いていた。

小太鼓を胸に掛けた若い衆が、両ばちで敲《たた》きながら耀火のまわりをめぐり始めると、歌声が起こって踊りが立ちはじめた。

「娘見に来るよそ村の若い衆も分からんように混《ま》じっておろうで」
ハルは後ろの人垣を見まわしながら言う。

「あんさんとナジミになったのも、あんさんが秋生村《あきう》から盆の踊りを見に来た時じゃ」

トキが怖《こわ》げにまわりを見まわすと、ハルは笑いながら肩をたたく。

「それがのう、村の若い衆につかまって、ひどい折《せっ》かん受けよった。よそ村のものは、若連中に断りなくちゃぁ、村娘に手出しはできん。そいでさぁ、秋生の若い衆頭を仲人にたてて、酒橋かけて詫《わ》びをいれたんじゃ」

「秋生から通うは遠かったじゃろうに」

トキが言うと、ハルは口を覆《おお》ってくすくす笑う。

ドン、ドン、ドン、ドンドンドン…………

太鼓に合わせて、娘衆、若い衆、お婆から童たちまで、足で拍子を踏んで手を鳴らす。

サイヨ、なんと兎はしゃれたものイヨ
　　お月眺めて恋をする
イヨ、雲にかけましょうよ　サアリャ
　　およばぬ恋をするかの　ヨイエ　　（平家踊りの歌）

トキもハルについて踊りの輪のなかへ入った。

……あんさんはやさしゅうてええ……

あんさんがハルのところへ通うてきていた頃、トキはまだわらわだった。トキを見かけると、日に焼けた顔をほころばせてグンド（山ぶどう）やあけびをくれた。

ハルが嫁入りした日、トキも送り人の行列に入って、裏山を越えて笹生谷《さそう》まで送っていった。

「お送り申しやすう」

と、その日は日が暮れてから送り人《ど》の若い衆がたいまつを持って迎えに来た。おとうはハルの道具箱を担ぎ、おっ母は土産《みやげ》の粟餅を持った。

「お願い申しやすう」

若い衆に酒を振舞ってから、若い衆頭のたいまつを先頭に、たいまつの行列は賑やかに出発した。


アー、かわい子なれど　あげますほどにヨー

ヤレヤレ、長いサー　面倒を　アリャ
見ておくれヨー　ヤレヤレ

おとう、おっ母、それにハルを中にはさんで、夜の山路をゆっくり迂回《うかい》しながら、秋生へ通ずる裏山路を登る。先に行くたいまつの灯りが時折闇の中に隠れると、また山の上の方にぽっとあらわれたりした。

峰へ出ると、急に夜空に星数が増したように思えた。谷の北向うの山腹に遠く秋生村の灯影《ほかげ》が見える。そこからずっと下った山麓の村の入口に、赤い松明の灯りが幾つも幾つも集まったり離れたりしながら揺れ動いていた。

「ほれ、あれが嫁垣《よめがき》（嫁妨害）じゃ」

たいまつを振り回して

「オーイ」

と声をかけると、

「ホイ、ホイ、ホイ、ホイ……」

と若い衆は威勢よく駆け降りていく。チラチラ動く迎え人《ど》のたいまつがだんだん近くになると、路をさえぎっている逆茂木《さかもぎ》の柵《さく》や、秋生の若い衆やわらわたちがワイワイ集まっている様子がはっきり見えてくる。

その柵の正面へ送り人《ど》の若い衆が威勢いよく駆け込むと、迎え人の若い衆がそれを迎えうって小競り合いになる。たいまつを交錯させてひとしきり、

「ホイ、ホイ、ホイ、ホイ、ホイ……」

と駆け回ってから、ハルを迎え人の若い衆頭に渡した。おっ母は嫁見に集まっているわらわたちに粟餅をわけた。

……あのとき、送り人の若い衆の中に、モヨモンもいたんじゃろうか……


ドン、ドン、ドンドンドン…………

月も昇った。踊りの輪は二重になって、その後ろの人垣もさらに大きくなった。歌声も一段と高くなった。おとうも、おっ母も弥兵ヱのお婆も、エイも、この輪のなかで踊っているに違いない。

ハルの上気した横顔がみえた。

盆がすんだら、すぐ出作り小屋に入って黄蓮《おうれん》の収穫、植え替えの仕事が始まる。彼

岸になったら切り替え畑の雑木《ぞうき》ナギをし、焼畑の稗、粟の収穫をする。山で栗や栃《とち》の実も拾わねばならない。山の秋は短かく、穫り入れ仕事はことさらに忙しい。だから、年に一度の盆祭りの夜は、夜を徹して踊らねばならない。

昔なじみとつまずいた石は
　　　憎いながらもサーヨ　後を見る
惚れてヨー　くれてもわしゃ弟じゃて
　　　連れてヨー　行くにも
　　　　サヨ家はない　サヨ家はない

踊りの輪は半身を耀火《かがり》に火照らせて、声を揃えて歌い、手拍子を打ち、縮んだり、広がったりしながら、右まわりにぐるぐるまわる。時折、若い衆の誰かが円陣の中央に踊り出てひょうきんな手振りを披露した。耀火の太いやぐらにも火がまわって、火の粉を夜空へ吹き上げながら、耀火は大きくどんどん燃える。

トキは気がついた。

……モヨモンが見ている。さっきから、こちらばかりをじっと見ている。オレではなくてハルを見ている………

茂右衛門は、ちょうど耀火の向こう側に、火掻《か》き棒を手にして立っていた。黒い大鳥の翼のような道場屋根を背に、耀火の火照りを一身に集めて、光の輪の中に浮き立って見えた。その暗い洞《ほら》のような眼にも、今は焔《ほのお》の色が赤々と映っているに違いない。折からの風に、重々しくブナの木立の暗い隈取《くまどり》が、上方でザヤザヤとひとしきり揺れた。

トキは踊りの輪から離れた。一人暗い坂道を走って帰りながら、胸の動悸が止まなかった。

踊りは明け方まで続いたに違いない。ハルはなかなか帰ってこなかった。

3

盆がすむと、村の大方はそれぞれの出作り小屋へ散っていく。山にはもう早い秋の色が訪れて、銀穂のなびくすすき原の山路には、しばらくは家ごとに鍋や椀、塩や味噌と当座の食糧、鎌、くわなどの農具に、かさ高い夜着もかついで、小屋へと急ぐのが見られた。

トキの家も、今から一月《ひとつき》あまりのせわしい黄蓮《おうれん》の仕事のために、必要な荷を背板でしょって向《むか》い嶽《たけ》にある黄蓮小屋に入った。

夏場だけに使う山小屋は、曲がり木もそのまま生かして棟《むね》に渡し、土間には干草とむしろを敷き、中心には炉が切ってある。

梁《はり》から下がった自在かぎは、夜おとうが炉の明かりに照らしながら、枝木を削って作ったものだ。萱で囲った小屋の後ろには小さな流れがあり、おっ母はここで洗い物をする。ちらちらと朽ち葉に染みひろがってくる山水に、なかば根元を洗われながら、毎年忘れずに芽を出すほおずきが今年もちょうど赤くなっていた。

この向い嶽の黄蓮畑は、村下の谷川を越え、向かいの山のムツシはずれから南に小半里あまり登った村山境の尾根にある。峰のブナ、ナラの立ち木は、強い西風に吹きさらされて、丈低くまばらで、夏場も涼しい葉かげりを作る。その木洩れ日の多い格好の斜面に、おとうが黄蓮畑を拓いたのだった。

おとうは繁りすぎるブナの枝打ちをして下草を刈る。おっ母とトキは苗木の株分けをして植えつけ、畝の間に湿った朽ち葉を敷いた。苗木の世話がすむと、十年以上の古根を掘る。三つ刃のくわを打ちいれてゆっくり手元へ引くと、ひげ根いっぱいに土を抱えた古根が小指大の太さに育っていた。

おとうはそれを一つ一つてのひらに乗せ、目をほそめて吟味して土を払った。

「爺がいた頃は、このあたりの野生の黄蓮を集めていたんじゃが、大野のあきんどが来るようになってから、野生のもんを植えて育てるようになったんじゃ。あの頃は、えらい競争で山びらきをしたもんじゃで。じゃが黄蓮はむずかしゅうて黄蓮にええ場所はようけはないんじゃぞい」

掘り上げた古根は、むしろに広げてよく干し上げる。干し上がるとたき火にかざしてひげ根を焼く。夜なべ仕事は黄蓮みがきだ。みがいた黄蓮はこもたてに入れて担《かつ》ぎだすと、大野のあきんどが、一貫を米一俵の値で引き取るのだった。

「あん頃は、山あらそいがよう起こって、小前の若けえ者はえらい騒いだもんじゃで」

おっ母は柴木《ばいた》を集めて火をおこし、根焼きを始めていた。

「この山を越えて宮谷の方までいった者は、えらい目におうたことよ。小屋は焼かれるしさあ、手間かけて拓いた畑も隣村のもんになってしもうた」

おっ母がぷすぷすいぶる焚き火の上にひげ根をかざして焼き切ると、トキは半草履《あしなか》を手にはめてこする。黄蓮のひげ根はよくいぶって、けむい涙が次々と鼻へと伝わる。折からの風に煙が左右に吹き散らされると、煙を頭からかぶってむせた。

嘉永年代になって、山の中にも銭経済が入り込むようになると、村の衆は高い山の峰にも競ってくわ入れし、黄蓮畑がひろがっていった。山あらそいが村々の間に頻発したのもその頃だった。

山あらそいは、入り合い山の境《さかい》近くで起こった。村近くの日あたりの良い平坦な山は、高持ち衆のムツシ（囲い込み地）になっていて、その外側で、できるだけ多くの畑を拓こうとすると、隣村の入り合い山と接触する。山あらそいは、時には力沙汰におよんだ。かつて、奥池田三村があらそったという宮谷の山は、ここ向い嶽《だけ》の峰の南方にゆるい起伏をみせて続いていた。

トキも何度か、山あらそいの話をおとうから聞かされていた。

「あれは、十年あまりも前のことじゃて……

あん時、モヨモンはひでえ怪我じゃった。うっつけになったんはそれからじゃと、村の者は言いおうたもんじゃで」

その山あらそいのあった夏は、村小前の若い者が、結い（共同作業）して山に入っていたのだった。もうちょっとのことで、おとうもこの山あらそいに巻き込まれるところだったという。

「おめえら、何しとる！」

山拓きの現場を取り押さえねばならぬと、隣村の衆が大勢、大声をあげながら駆登ってきたのだった。

「こんあたりゃぁ、うららが村の請け山じゃで！　よそ山の木を伐りよって、きついご法度《はっと》があるを知らんのか！」

急ぎ人を集めてきたのであろう、せわしい息をはずませながら、足音乱して取り囲むと、怒りの顔々から罵声《ばせい》が飛んだ。

「暮れにはもう、山伐りの跡を見つけとったんじゃぞ！　おめえらが村の人衆に、以後宮谷には入らんように申し入れたに聞かなんだんか」

隣村の小前勢に違いなかった。日焼けした顔は一様に赤く、手に手に威圧の棒、鉈《なた》のたぐいが握られていた。

「山境は上の大壷の尾根じゃ。うららが村にゃ、温見《ぬくみ》村と取り交わした連判の証文と絵図面もある。それにゃ、北の大壷から東西の太尾までとなっとるぞい」

正月の村寄り合いの折、以後宮谷での伐木、焼き畑をせぬようにと、隣村から申し入れがあったという話を。おとうも聞いていたという。しかし、長年の山境の了解は、温見村との間のもののはずであった。その境の山が、すでに天保《てんぽう》の頃、隣村との間に争論が起こって、温見村から隣村へ、永代卸《おろし》山となっているというのである。草刈や、木の実ひろいと、長く採集だけに使われていた入り合い山の境は、もともとあいまいなものが多くあった。ここで、畑拓《ひら》きが行われるようになると、二つ村で取り交わした古い証文が持ち出されてきたのだった。

村の立場は不利であったが、山に入っていた若い者たちはかえってはやった。もともと手ままに出入りしていた山だった。早う畑を拓いて、先入《さきい》り権を取らにゃならぬと、その夏は結《ゆ》いを組んで、威勢よく山伐り仕事に取りくんでいたのだった。

茂右衛門も、早うから仲間にまじってこの谷に入っていた。本家の畑仕事をする、そのあいまをぬっての山伐り仕事は思うにまかせなかったが、それでも夏場のわずかな期間、萱《かや》小屋も作って、威勢のいい鉈《なた》の音を、この谷間に響かせていたのだった。

「何ぬかす。この宮谷のあたりゃぁ、うららが村が何百年もの間、手ままに出入りしとるところじゃで。長年の山境は、南の金くそが嶽の太尾境《さかい》じゃ」

村方の若い者が一歩踏み出そうとしたとき、ハッシと石つぶてが飛んだ。

「あんちゃん、大変じゃて。早う来てくんさい。隣村の衆が大勢なんじゃ」

ハルにせかされて、おとうが宮谷まで駆けつけたときには、もう萱小屋には火がかかっていた。追う者、追われる者入り乱れて山地を走り、罵《ば》声が飛び石つぶてが飛び交って、手もつけられない有様だったという。山盗人《ぬすっと》の証拠の品を取り押さえようと、逃げる者をさらに追い討って、鉈《なた》、背当てがはぎ取られていた。

おとうの話が、こんな山あらそいの話になるときは、きまって雨まじりの風のきつい夜だった。鬱蒼《うっそう》とした暗い夜の山は、風が吹きはじめると一変して、騒々しい山鳴りの音に包みこまれる。炉端で、黄蓮《おうれん》みがきの手を動かしながら、おとうは憑《つ》かれたように走りあらそったあの山あらそいの話をするのだった。聞き耳をたてると、小屋まわりの激しい葉騒ぎの合い間に、遠く谷を吹き抜ける雨あらしの音が、低い地鳴りのように響いて聞こえてくる。トキには、今もあの山をあらそう声々が、谷で騒いでいるように思えるのだった。

「モヨモンは、それから後も、性懲《しょうこ》りもなく小屋掛けの真似事をしては壊された。小前の者にゃ、入り合い山だけが頼りなんじゃ。山なくすは、生きる術《すべ》なくすことじゃでのう。じゃがその後、村はお役所へ訴えられることになったんじゃで。取り押さえた鉈や背当てをあげて、山盗人《ぬすっと》の証拠の品じゃゆうてのう」

村も本腰を入れて山訴訟に取り組まねばならぬことになった。飢饉の続いた天保の頃、いちど二つの村であらそったこの山境いは、また新たな山あらそいとして再発したのだった。しかし、何といっても、向こう村には永代請《う》け山の証文があり、村の立場は明らかに不利であった。

「大体、昔から、宮谷に一番多う入っていたんはうららが村なんじゃ。じゃが、山訴訟をするにゃ、何ちゅうても証拠がいる。村人衆も本腰あげて、何とか昔からの慣例をみとめさせにゃならんゆうてたんじゃが、そう話はうまく進まん。そうこうしている間にあの盗判事件が起こったんじゃで」

事件は温見《ぬくみ》村の訴えによって公になった。隣村の請け山となった同じときに、村もまた山境書を温見村と取り交わしたように、同じ天保十三寅の日付を入れ、偽造証文を作ったというのである。

深夜、密かに山越えで、使者にたったのは茂右衛門だった。隣村には内密に、温見村の庄屋の印形を取らねばならなかった。

おとうの話が、あの印形事件のところまで来る頃には、谷から吹き上げてくる風はまた一段と強まってくる。炉の火もそろそろ下火になって、黄蓮をみがくおとうの手元だけが明るかった。おとうの話を聞きながら、トキはいつも思うのだった。託された山境書を懐に、茂右衛門が、南へ抜ける尾根の路を、密かに温見に走ったという夜も、きっとこのような雨嵐の夜だったに違いない。谷にどよめく風、谷の葉騒ぎにせかされて、嵐の尾根を一人走ったに違いない。あの洞《ほら》のような暗い眼は、闇の嵐に吹き抜かれたせいに違いないと。

温見村からの訴状には次のようにあった。

○○村水呑《みずのみ》茂右衛門と申す者、内々山越にて当村農閑木挽《こびき》仲間、利右衛門方に酒持ち隠れ参り、山境一札取替し執り成し呉れ候様、厳しく相願い候。其頃組頭《くみがしら》利左衛門惣代《そうだい》に相預り、庄屋印形《いんぎょう》家内へ仕舞《しまい》置き、寝込み罷在《まかりあり》候ところ利右衛門が手引にて罷《まかり》越し、同人女房に印形入用の趣《おもむき》申し語り、利左衛門に申し聞けず、印形取出し、儀定《ぎじょう》一札として天保十三年寅年中に取替し候姿に取揃え候。

「ほれ、木挽きをして村に出入りしとる利右衛門に頼みこんだんじゃとよ。向こう村が言うにゃ、印形を預かる組頭はちょうどその時、病で寝込んどったに、何も知らん女房をだまして印形を取ったとゆうんじゃで。利右衛門ものう、長年の山境の了解じゃで、さしさわりもなかろうと思うたとゆうんじゃが、何と天保の日付になっとるとは気づかなかったとゆうんじゃで」

しかし、山境あらそいの村の立場が悪くなると、村は、うっつけ茂右衛門のしわざとして、村追いの処罰にしたという体裁《ていさい》を整えたのだった。

「じゃが、モヨモンを使いに立てたんは、最初からその腹あってのことじゃろうのう。モヨモンには、山守るためじゃと言い聞かせてのう。じゃが、村追いと決まったもんは、腰縄つけて夜の明けぬ間に村を出にゃならん。なんでも、ハエボシ峠を越えて、美濃の方へ行ったとのことじゃった。ひょっこり帰ったきたのが、三、四年も前かのう。その時に、村入りも許されたんじゃが、ひどううっつけになって、今もきつい風の吹く夜にゃ、あの宮谷のあたりをほっつき歩いて、おー、おー、と何だか分からんことを叫んでいるとよ」

そんな夜には、トキはなかなか寝つかれなかった。囲炉裏の火がすっかり消えると、風音がいっそう強くなるように思える。トキは、谷の風音を聞き分けようと耳を澄ます。谷のざわめきは、遠く波のように重なり合い、ひしめき合いながら、徐々に音を強めて吹き上がってくる。それは未知の暗黒から、茂右衛門をのみ込んだ暗い葛藤の渦の中から湧き上がってくる叫び声のように思えるのだった。

……そうじゃ、モヨモンが村を追われて、あのハエボシ峠を越えたという夜も、きっときつい雨嵐の夜だったにちがいなか…………

古根掘りがおおかた片づく頃、きまって山にはきつい雨風が吹く。あたり一帯、暗黒の山鳴りに包まれるそんな夜を、トキは密《ひそ》かに待っていた。おとうの額に深く渋いしわが刻まれ、あの谷が叫ぶように思える夜が、トキには何故か、密かな期待をこめて待たれるのだった。

「トキ、焚き火の下の芋がもう焼けておろうが」

おっ母の声がした。

「おとう、一服せんかい」

おっ母も根焼きの手を止めて、けむい眼をしょぼつかせながら、汗を拭きとった。

南に続く宮谷の落ち合いは、もう暮れ色に包まれ始めていた。起伏の多い山のうねりは、山ひだを藍色に深く翳《かげ》らせて、落ちかけた陽に頂きだけを輝かせていた。その山ひだのところどころ、根焼きの煙がほの白く、かすかなゆらぎを見せて立ち昇っていた。

「二百十日も近いのう。それまでに、古根掘りだけは仕上げてしまわにゃならん」

焼けた芋を小枝に刺し、焦げた厚皮を剥くと、芋は、熱くほくほくした白い肉をむき出した。土の染みこんだおとうの指は、大きな黄蓮みたいだとトキは思う。その節だった手に熱い芋を手渡すと、おとうはうまそうに、口をすぼめて頬張った。

その夜、黄蓮みがきも片づけて、炉端の寝場所でうとうと眠りかけていた時だった。

確かに誰かが叫ぶ声を、トキは遠くで聞いたように思えた。夢とも現《うつつ》ともつかぬ浅いまどろみの中で、その遠い呼び声が意識の表に徐々に近づくや、また眠りの中に引き込まれる。と、ほと、ほと、と萱壁《かやかべ》をたたく音があった。はっきり目覚めたのはその時だった。

誰かが、確かに小屋外にいる。囲炉裏の火もすっかり消えて、おとうも、おっ母も、ぐっすり寝込んでいるようだった。トキは動悸うつ胸元をかき合わせて起き上がった。萱囲いの隙間から、わずかな外のほの明るさがうかがえた。しばらく、トキは固く座りこんだまま、息を殺して耳を澄ました。が、それきり、外の物音はしなかった。

つり莚《むしろ》をあげて外をのぞくと、小屋まえの干し場は水底のように冷えて青白かった。風が出てきたのであろうか、暗いブナ林が風に葉裏をめくり返すと、鈍い銀色の葉波が走った。

……モヨモンじゃなかろうか……

暗いブナ林の下に、確かに人影が動いたように思えて、トキは、目を凝らして息をのんだ。が、しかと見きわめるひまもなく、人影は暗い谷の闇に消えていった。

「もし、待ち……」

声をかけようとしたが、咽につまって声にはならなかった。人影の去った闇の方に目を凝らしながら、トキはしばらく立ちつくしていた。

……今もこの小屋に、ハルがいると思うとるんじゃろうか……

あの山あらそいのあった日には、ハルはモヨモンの小屋にいたんじゃろうか……

4

秋彼岸が近づくと、トキたちは、向い嶽の小屋をおりて切り替え畑の伐仕事にかかった。

この頃、村山には栃《とち》、ガヤの実拾いの「口開け」となる。栃は冬場の大事な食糧で、焼き畑しても栃の木は伐《き》らぬ。この解禁の「口開け」には、夜が白みはじめると、女たちはそれぞれ三斗カマスを持ち、谷の口に集まって合図を待つ。栃が平等に行き渡るように、この日は村人衆が山に出て、峰と谷の両方から呼び合って合図をする。

「お拾いなされよー」

採りはじめの合図を聞くと、女たちは、それぞれ一斉に目指す栃場へ走った。はじめは近くの山で日に二かえり、二日、三日と、しだいに遠い入り合い山の方へ足を向けるのだった。

イヤ、向いな栃原は誰《だい》が栃原ャー
あれこそ代官殿のしんがい栃原
　　ヤーヤーサ　コレワヤーヤー
イヤ、栃をさわそば多く《よけー》さわせヤー
おらも代官殿のお相伴《しょうばん》しよ
　　ヤーヤーサ　コレワヤーヤー

栃山の口開けの頃から、山の紅葉は徐々にはじまる。トキはおっ母をせかし、今年は姥ケ岳の近くまで登った。大きく伸ばした姥ケ岳の山脚は、幅広くゆるやかで、すすき原のムツシがいくつも続き、登りが急坂になったところから、入り合いの栃山となる。三斗の栃の実は背負いかねる重さだったが、おっ母は一仕事終わると、こんな栃歌を教えてくれるのだった。

栗やくるみ拾いは自由だった。強い雨風の吹いた翌日にはどの家も総出で拾いに出た。山の雑木にはまだ雨露がしたたっていて、一日山歩きすると、ヤマギの袖はしぼるほど濡れた。一日拾うと二斗あまり、いい栗はより分けて埋《い》け栗に、虫つきは水に浸して虫出しし、搗《つ》き栗にする。

山の紅葉がしだいに谷の方へひろがると、焼き畑の穂《ほ》つみ仕事がはじまる。地力にあわせて植えつけた稗、粟、蕎麦《そば》、玉蜀黍《とうもろこし》に豆と、焼き畑の穀物は種々雑多で、穫り入れ仕事はひときわ忙しい。丹精こめて作っても、山の穀物の穂はどれも小さい。それでも、今年は黄金《こがね》の穂並みがさらさら波打って、山に優しい色を広がらせていた。

「のう、トキ、何年かに一度は、どの畑の穂も犬の尾のように白うなって、何にも穫れん年があるんじゃで」

おっ母は、せわしく鎌を動かしながら、腰の穂袋《すかり》に穂を摘み入れる。

「のう、トキ、女は穫《と》れ高のあんばいを見て、一年の穀食いの腹づもりをちゃんと持たにゃならんのじゃで。年貢や借り稗を引いた分、足りん分はそれだけ山のもんを集めとかにゃあかん。女に穀あんばいの甲斐性がなきゃあ、家はもたんのじゃ」

食いのばしの才覚は、山の女にとって何よりも大切なことだった。山の山菜を採集し、それを乾したり漬けたりして保存する。稗や蕎麦を粉に挽き、野菜ガテ（混ぜるもの）を刻む。毎日のカテ食のあんばいのしようによって、家の暮らしが良くも悪くもなるのだった。

「大人が一回食うにゃ、玉蜀黍《とうきび》粒なら二合五勺、稗、蕎麦なら二合いる。足りん分は野菜ガテをあんばいするんじゃ。野菜ガテが多けりゃ腹力がつかん。秋仕事、冬仕事と、仕事のきつさもちゃんと心得て、野菜ガテを加減せにゃならん。平生から、ちゃんと心積もりしとる者が、物日《ものび》の御馳走《ごっつお》もすることができるんじゃ」

ふくらんだ穂袋《すかり》をゆすり動かしながら、おっ母はトキに杓子按配《しゃもじあんばい》を教えるのだった。

常畑の芋や野菜も収穫した。冬場の薪も担ぎ入れた。村近くの紅葉もおおかた散り敷いて、山が急に冷え込むようになると、谷の渓流に水煙《みずけむり》がたつ。おっ母が手を真っ赤にして秋野菜を樽《たる》に漬け込む頃、出作りの家も秋の荷を村に運び込んで、村はまた賑やかになった。

備荒用の穀も取り分けてツシ（天上裏）の梁《はり》につるし終えると、木樁伐《きこうぞき》りが始まるまでの短いひと時、村は道草を刈って、鯖江の本山寺からの回檀を待つ。男衆は道場の仏間の飾りつけをし、おっ母たちは夜の斉《とき》のご馳走を作る。

神無月の六日は、道場開祖秀誠上人の忌日である。村ではこの日を〝六日さま〟と呼んで、谷々を歩み村に厚い信心をもたらされた秀誠上人の法要講をつづけてきた。本山から使い僧さまをお迎えし、若い衆からお婆まで、精一杯の晴れ着をきて、村じゅう同行道場《どうぎょう》につどい、一日念仏と読経に過ごす。この日は年に一度、市場商人《あきんど》もやって来る村の最も賑やかな日であった。わらわたちは早うから、商人《あきんど》を待ちかねて広場ではしゃぎ回っていた。

「毎年が最後じゃ思いながら、今年も六日さまにおあいできる。ありがたいこっつ」

一歩上るごとに一念仏、かがんだ腰を杖棒《つえばい》でささえ、弥兵ヱのお婆も坂を上ってきた。エイも晴れの草履をはき、お婆をせかして袖を引く。広場に屋台が広げられると、赤い敷き布の上に玩具や干菓子、櫛、小間物が並べられる。それら町の商品はどれもまばゆくあでやかで、山袴《ばかま》をはいた商人が口上面白く呼びかけると、その口上に聞き惚れながら、童子たちは熱心に覗き込むのだった。

トキもつれと一緒に何度も屋台を覗き込んだ後、艶のよいツゲの櫛を一つ買った。

……盆に、ハルが持っていたのと同じ櫛じゃ。盆にもひどうやつれて見えたに、大分悪いんじゃろうか……

ハルが寝込んでいるという。

「秋の無理がたたったんかのう。雪が来たら連れ帰って、養生させにゃなるまいに」

布施にする穀物を、さらさら小袋に詰めながら、出がけにおっ母が話していた。

盆祭りの日、艶のよい木肌色のツゲの櫛を、ハルは器用に動かして、トキの髪を梳きながら、

「トキは鉄ね《かね》（お歯黒）がよう似合うのう。口元が小そうなって、やさしゅう見える」

やつれの目立つ細い鼻柱に小皺をよせて、ハルは、トキの持つ手鏡の中に笑みかける。

「十五になったらカネつけするんは、小蛇が胸に棲《す》みこむからじゃと。女になると、皆、胸ん中に真っ赤な血の池ができるんじゃ。ここに小蛇が棲みこむんじゃとよ」

手鏡の中で笑むハルの薄い口元にも、きれいに鉄ね《かね》が入っていた。その力弱いほほ笑みからこぼれる、黒曜石の鉄ね《かね》の色が、トキにはひどくさみしげに見えた。

あの盆祭りの夜、耀火《かがり》に細いうなじを浮き立たせて、ハルはいつまでも踊り続けていた。その鮮やかな手さばきの肩には、あきらかに疲れが見えていたが、薄い皮膚に

血の色を透かして、燃える耀火のまわりを踊りつづけていた。時折、口元を袖で覆って、むせるような咳を殺していたが、押さえた袖をほどいて顔をあげると、耀火の火照りを面に受け、ハルの瞳は一層大きく、瞳のまわりを紅潮させて、きらきらと輝いて見えた。

……ハルが、あんなにやつれるようになったんは、モヨモンが村へ帰ってきてからなんじゃぁなかろうか………

ツゲの櫛は手にとると、しっとり重く冷たかった。その細かい櫛の歯並びを、トキは陽に透かしてみてから髷《まげ》にさした。

盆がすんで、秋生《あきう》へ帰るハルを、トキは途中まで送っていった。シゲの幼い足元を気づかいながら、二里あまりの山越えにハルはひどく疲れて見えた。

「シゲはきつい子じゃ。ほれ、もうすぐ山峰じゃで」

ハルは苦しい息をはずませながら、紅潮した頬にじっとり汗をにじませていた。

「トキ、オレに万が一のことがあったときにゃ、シゲを頼むよのう」

シゲを支えて登りながら、ハルは時折、力なく咳き込むのだった。

トキがシゲくらいだった頃、山菜集めにはいつもハルの後についていった。山地にぜんまいを探す頃、芽吹きはじめた雑木のところどころ、タムシバが白い花をつける。

「ほれ、あのタムシバのところまで走ってみよ」

遅れるトキを元気づけると、ふくらんだ田箕《たみの》（わらで作った背負い袋）をゆらゆらさせて、若い頃のハルは弾むように駆けた。


「よう、そんなにきつう引くないや」

さっきから、エイにせびられていた弥兵ヱのお婆は、広場の陽だまりに尻を落として、眩しい目に手のひらをかざしていた。

「おう、源助んとこのトキさんかいや」

トキを見かけると、お婆は愛想よく声をかける。

「若けえ頃のハルさんによう似とるのう。ハルさんは、ほんの娘っこの頃から、腰のしゃっきりしたええ娘《こ》じゃった。ほれ、赤子のおめえを、いつも背で守をしとったじゃ」

広場には、使い僧さまお迎えの人影が立ちはじめていた。この道場の広場からは、南に続く山並みの向こうに、姥ケ岳の峰だけが見えた。蝿帽子峠を背後に隠して、遠い峰の枝木の群れは、峰の木枯らしに吹きさらされて、秋の弱まった陽ざしをあびると、枝木の群れの重なるあたりは、やわらかいむく毛のようにふくらんでみえた。

「六日さまはのう、昔、毎年ハエボシ峠をお越えなされたんじゃと。こちらの谷から秋生をまわって、美濃の谷まで歩まれたんじゃ。谷のもんを救うてやろうとのう。えらいご苦労なされて歩まれたんじゃで。早う、阿弥陀さまにおすがり申して、後生の一大事をお願い申せとな。谷をまわると三十里じゃと。ハエボシ峠は〝這法師〟の意味なんじゃで。美濃の方ではのう、ハエボシ峠から流れる水を〝上人水〟ゆうて、今も、難儀な目におうたときにゃ、この水汲みに登るんじゃとよ」

「モヨモンは、ハエボシ峠を越えて、美濃の国へ行っていたんけえ」

トキが問うと、お婆は、小さな額の下の落ち込んだ目を瞬《しばた》たかせながら振り返った。

「あいつのことを考えると不憫《びん》でのう。そうじゃ。ハエボシ峠へ行きやれ。きっと六日さまが救うてくださるゆうてのう」

茂右衛門が村追いになると決まってからは、村の衆は村道で出会っても、挨拶もなく急いでとおりすぎ、時折、軒先に石つぶてが投げこまれた。

「モヨモン、達者でのう。きっと戻ってくるんじゃぞ」

茂右衛門が村を出る日、悲しみに足腰さえ立たず、土間まで這い出てきたお婆の声を背に、茂右衛門はわらじと脚絆《はばき》に身を固めていた。

「モヨモンは何にも言わぬが、うらは知っとったんじゃ。モヨモンは家を出ると、ハルさんのところへ行ったんじゃ。一夜中、寝間のまわりをまわっていたんじゃろう。あんに親しかったのに、ハルさんは戸を開けようとはせなんだんじゃ。じゃが、それも仕方のないことよのう。モヨモンは村を出るが、ハルさんは村に残らにゃならんのじゃで。ハルさんもつらいことじゃったろうに」

「のう。のう」

エイがまた、お婆にせびって背を押しに来た。お婆は杖ごといっしょに揺すられながら、

「村追いになったもんは、他国へ行ってもどこの村にも入れやせん。法度《はっと》があるはどこも同じじゃで。あちこち山を歩き回って、一人山賤《やまがつ》しいの暮らしじゃったろう。あんに口きかんようになってしもうて。モヨモンは何にも言わんが、それだけに不憫でのう」

お婆は、両の杖棒《つえばい》をしっかり握り直して屈んだ胸を支えると、咽元で念仏を繰り返す。いつも涙のにじんでいる、その小さく赤い病んだ目から、とめどなく涙をあふれ

させて、遠く姥ケ岳の肩のあたり、蝿帽子峠を隠している東肩あたりを見やるのだった。

「じゃが、こうして帰ってこれたんは、六日さまのおかげじゃで。あのとき、うらは言ったんじゃ。ハエボシ峠へ行きゃぁ、きっと六日さまがお助けくださるとな」

ドーン、ドーン、ドーン、………

道場の太鼓が鳴り出した。広場はにわかに活気づいた。いち早く、ご使僧さまを拝もうと、同行衆《どうぎょう》は総立って坂道の方をのぞきみる。ゴンゾ草履にガマ脚絆《きゃはん》、長い山路のほこりをあびて黒袈裟《けさ》のご一行が現れると、広場には念仏の声があふれるのだった。

ご本尊前に燈明が上がった。男衆が座り、お婆たちが座り、おっ母たちもそれを取り巻いて半円状に座った。お婆の隣のわらわたちもこの時ばかりは神妙にしている。

トキも、つれと一緒に縁端近くに座った。読経《どきょう》が始まった。山を焼き、山をあらそい、きびしい山仕事に明け暮れる合間の一日、道場に集まった同行衆《どうぎょう》は、声をあわせて読経する。唱和の声は道場内に満ちあふれ、日暮れまでつづくのだった。

後生たすけ給へと頼み奉れば、三悪道、逃ぐる者をも抱きかかえ、大慈悲の御懐《ふところ》に、本国果満のまかまんだら、花の花散る浄土へ、臨終一念の夕べには、往生の素懐をとげ奉る御事に御座候…………

「御書《おふみ》」が読み上げられる頃には、広場の屋台にはチラチラ動く灯が入って、いつの間にか、お婆の隣から抜けだしたわらわたちが広場《ばんば》を駆けまわってはしゃいでいた。

道場の燈芯台に灯がつけられると、夕暮れの薄明かりを背にして沈んでいた円陣の中に、村同行衆《どうぎょうしゅう》の面《おもて》が浮かび上がった。開け放った縁端から、冷えた夕風が吹き込んでくると、燈芯台の炎が揺らぎ、板戸にめぐった影法師を動かした。

広場のはしゃぎに振り向くと、灯りの届かない縁端に、茂右衛門の骨立ったヤマギの背が見えた。いつものように脛を折り、その骨高い膝を抱えて、しだいに濃い暮れ色に沈んでいく谷向こうに、うつろな目を放っていた。

「もし、はいらっしゃい」

トキが声をかけようとすると、つれが横合いから袖を引いて肩をすくめて見せるのだった。

阿弥陀さまをただ一念にお頼み申しますれば、娑婆逗留《とうりゅう》の間は常に如来の御光明の懐に住み、煩悩の命の終わる時には、浄土の七宝の池の中の、蓮華の花の中に、百千の音楽ともろともに、極楽の世界に生まれ出るのでござりまする………

使僧さまのお声が一段と高くなった。つるべ落としの秋の日はすっかり暮れて、山には深い闇が来ていた。使僧さまを中心に、円陣の中の燈芯だけが明るかった。この燈芯の明かりに向かって、魂に一抹の光明を得ようと、村の衆は膝をつめ、一心に聴き耳を立てていた。

「もうし、はいらっしゃい。そこは冷えるじゃろうに」

トキは耳うちしようと、腰を浮かしたとき、茂右衛門の耳の、深い刃物の傷あとに気がついた。そのいびつな古い傷あとにトキは息をのみながら、思いきって囁いた。

「ハルが、秋から体をこわして寝込んどります……」

師走に入ってから雪が来た。このあたりは、遠くの山も村近くも、雪は一時《いっとき》に来る。

その朝は、雪囲いした家のなかに、いつになくぽっと白んだ明るさがあって、水がめに薄氷が張った。きしむ門口を開けるとやはり雪だった。雪はまだうっすら浅かったが、枝木や石垣、隣の萱屋根にも一面雪が吹きつけられて、一夜で白の世界に変わっていた。干し場に出ると、雪下の氷がざくざく鳴った。

「おとう、雪が深うならん間に、明日にでもハルを迎えに行ってやっておくれ」

おっ母は、囲炉裏の株根の薪をつついて火を掻き立てる。複雑な凹凸を持つ株根の薪は、幾日もとろとろ燃え続けて、これが家の中の暖房と明かりをかねる。

トキたちは、もう幾月も前から紙仕事を始めていた。楮《こうぞ》を大釜で蒸し上げて皮を剥ぐ。これを水にさらして青皮を浮かし薄い表皮をたぐり取る。一筋一筋こそげ取る手間のかかる仕事は女の仕事で、朝白み始めてから夜中まで、タクリ続けて幾日もかかった。タクリ終わった白皮は、さらに冷たい川水に一晩漬けて、皮のシブを洗いさらす。雪間の流れに、束ねた皮を泳がせてシブを洗う。白皮洗いはおとうの仕事だった。

その朝は、もうおとうは、川へ出る身支度を整えていた。

「昨日の夕方、川へ楮を見に行った時、モヨモンがえろう急いで、笹生谷《さそうだに》の方へ登っていったわい」

「ハルおばを迎えに行ったんじゃろうか」

トキにはふとそんな思いが走った。トキが口をはさむと、

「あほう、そんなわけがなかろうが」

燻《くすぶ》る炉端から、すぐ、おっ母の声が返ってきた。

「あいつぁ、不思議なやつよのう。この間から、今に笹生谷《さそうだに》が焼けるゆうて、皆を気味悪がらせておったじゃに。美濃路を上ってくる御謀反の浪士が、大勢で今にハエボシ峠から入ってくるんじゃゆうてのう。ほんにあいつぁ、何考えておるんじゃろうのう」


おとうが川から白皮を上げると、その日は昼過ぎから紙煮にかかった。たっぷり半日煮込んでおいて、夕餉《ゆうげ》が終わると紙打ちだった。一鍋分の煮皮を八回に分け、小さくまるめて一時間ずつ叩く。夜なべ仕事の紙打ちは、一鍋分、楮がやわらかく、どろどろになるまで叩く。一鍋分やわらかくするには深夜までかかる。

紙打ち仕事は調子が大事だ。畳大の打ち板におとうとトキが向かい合って、調子をとって角棒をおろす。

タン、タン、タン、タン、タン、タン、ターン、ターン、ターン、

おっ母は、明日使う紙ネリを作っていた。

「トキも早う、おとうを楽にさせてやってくれ。トキのつれ（友だち）んとこじゃ、もう若い衆が回ってきとるゆうに、トキは甲斐性なしじゃで」

おっ母は、石盤の上で、紙ネリにするシャナを叩きながら紙を打つトキの背に声をかける。

この在所では、家に娘がいると、夜なべ仕事の紙打ち手伝いに若い衆が訪れてくるのだった。娘にナジミが決まるまでは、二人、三人と連れだって来る。互いに冷やかしあいながら、娘と相向かいで紙を叩く。若い衆が訪れると、八拍子の打ち音にも勢が入って、冬の夜なべ仕事はひときわ賑やかになるのだった。

「今年はトキも、娘宿に入れてもろうたんじゃで、今に回ってきてくれようが。うちにも遊びに来ておくれ、と頼んどいたかいや。若い衆が回ってきたら御馳走《ごっつぉう》してやっとくれ」

一回分の紙打ちが終わると、おとうは囲炉裏で一服する。雪が積もり始めたのであろう、株根の薪はどんどん燃えていたが、土間の冷え込みはきつかった。それでも小一時間、紙打ち仕事を続けると、いつしかトキも汗ばんでいた。

「紙は根気な仕事じゃのう。紙一帖を四十八枚にするんは、紙に四十八回手をかけるからじゃとよ」

おっ母は、やわらかくなった楮を木桶にとって次の紙打ちの準備をする。明日は紙舟に水を張って、一枚、一枚コテで漉く。漉きあがった紙ダネは、一日、雪中にさらして重石でしぼる。雪の合い間に青空がのぞくと、ひと時も惜しんで紙干しをする。

雪に晴れ間ののぞく日は、かえって風が切れるように冷たく、冬一日の外仕事は一番こたえる仕事だった。

紙打ちは家ん中の仕事じゃでええ。やっぱり一番根気なのは、雪の中での紙干し仕事じゃとトキは思う。

タン、タン、タン、タン、タン、タン、タン、ターン、ターン、

二回目の紙打ちを始めてから、間もなくのことだった。

「おーい、秋生《あきう》が焼けとるぞー！」

口々に叫びながら、家横を駆け上がっていくせわしい足音がした。

「なんと、秋生が焼けとるじゃと」

おとうとトキが走り出てみると、月が北に迷ったかのように、裏山向こうの北の空に、闇ににじんだ明るさがあった。

山は闇に眠っているはずであった。その北に連なる山峰は突然、時ならぬ光りに目覚めたかのように、青白い雪の頂を異様に大きく浮き立たせていた。

家々からは、女やわらわたちが顔を出し、口々に何か叫んでいた。道場の鐘が、激しく乱打されはじめた。

「こりゃ、大変なことじゃ」

おとうは裏山の方へ走った。トキもおとうの後を追って走った。秋生の見える峰まで二里あまり、雪に足元をとられながら、雪の尾根をトキたちはただ、走りに走った。


どのくらい走ったことであろう。峰は、先に着いた村の衆、よそ村の衆が入り混じって、ごった返していた。人垣を押し分けて谷向こうを見ると、闇にはじける明るさを見せて、下秋生上秋生、四十の家並みはすべて炎の海の中にあった。それぞれの萱屋根から、火焔は高く吹き上がり、輝く後輪の中心に、一つ一つの家柱の枠が透けて見えた。その幾つもの焔輪が重なって、谷を帯状になめつくし、真紅の炎の波が暗い山裾を這いまわっていた。

「京へゆこうと美濃へ抜けた御謀反《むほん》の浪士が、ハエボシ峠から入ったんじゃと」

「何と、千あまりもおると」

「警護に来ていた大野の藩士が、浪士の宿り所をなくそうと、村に火をかけて退却したんじゃと」

「笹生川を下る道は、ずっと逆茂木で柵してあるんじゃとよ」

人垣は、口々に大声で話していた。

火焔に駆られ、村を捨てた秋生の村の衆もいた。どの顔も煙を浴び、突然の恐怖に引きつって、子を抱え、荷を抱え、体を雪に倒れこませていた。その間を一人一人覗きこんで人を探しているあんさんが見えた。

「ハルが見えん。確かに門口を一緒に出たに、ハルが見えん」

背中にシゲが負われていた。あんさんの首にしがみつき、泣く声も出ない小さな背をすっかり雪が覆っていた。

気がつかなかった。雪が激しく降っていたのだった。トキの肩にも、頭にも、激しく雪が降りかかっていた。谷の炎は降る雪を吹き上げ、雪は背後から、谷へ吹き込む風に乗って山の斜面を滑り込んでいたのだった。

見上げると、夜空は雪に満ち満ちていた。底知れぬ暗い夜空の深みから、しんしんと限りなく降る無数の雪は、谷の炎に一斉に輝いて、頭上いっぱいに銀粉のように渦巻いていた。

あんさんは、首にしっかり巻きついたシゲの手を離して、シゲをトキに預けると、ハルを探しに谷へ降りていった。あんさんとおとうが降りていった谷の方、燃えさかる村の上手の方、笹生川の川岸に沿って、小さな松明の行列がわずかずつ動いているのが見えた。

……あれが浪士の松明じゃろうか………

「オジー。オジー!」

…………………………

元治元年、慌ただしい幕末の師走。那珂湊のいくさに敗れ、尊攘の旗を守って京へと急ぐ水戸の浪士勢が、中仙道から美濃路へ入り、雪の蝿帽子峠を越えたのだった。

浪士追討の伝令は各地に飛び、すでに幾つかの戦いを重ねていた。命を受けた大野藩も、浪士の進行を妨げるため、笹生谷の民家を焼いた。笹生川から真名川沿いに焼かれた村は八カ村、二百三軒、谷焼けの火は炎々と、雪の夜の天空を焦がして燃え続けた。

火がおさまり、浪士が去ると、笹生谷の衆は村へ帰って、すぐさま焼け土の上に、仮小屋作りに取りかかった。が、大事な冬場の食糧や、種籾すら焼き失って、村の再建は困窮をきわめた。

あんさんは、幾日も谷を探しまわったが、ついにハルの姿はなかった。

「体が弱っていたんで、途中で炎に巻かれたんじゃろう」

あんさんは、がっくり肩を落としていた。

やがて、村にも、浪士勢は木の芽峠の下、新保で捕われたこと、あたらしい夜明けを呼び覚ます、尊皇攘夷の一行であったとも伝わってきたが、村人の関心事ではなかった。

茂右衛門も、村へ帰ってこなかった。村の衆は、

「あのうっつけめが。大方、浪士の歩荷《ぼっか》となって、新保へ行き、浪士と一緒に捕縛さ

れたんじゃろう」
と噂しあった。
春になると、わらわたちは、また新しいぜんまい綿で毬を作り、手毬遊びを始めるのだった。

こんの茂右衛門《もよもん》　茂右衛門《もよもん》は
朝の六つに起きられて
あちらへ向いてはほろと泣き
こちらへ向いてはほろと泣き
おれのお背戸に腰掛けて
何が悲しゅうて泣きしゃんす
…………………………
…………………………

わらわたちの幼げな毬歌を聞きながら、トキは思うのだった。

……モヨモンは、ハルをつれてハエボシ峠を越え、美濃の国へ行ったに違いなか……

トキには、そう思えてならないのだった。

新しい明治の代となったのは、その三年後であった。


この物語は福井県大野郡旧西谷村巣原を舞台としている。

西谷村は一九六五年九月に壊滅的集中豪雨を受け、一九七〇年廃村となった。

この地域は度々民俗調査が行われ、『真名川の民俗』（一九六八年）としてまとめられている。

参考資料『真名川の民俗』（一九六八年）
『西谷村村誌』（一九五八年刊）
『大野郡誌全』（復刻版一九七二年刊）

山家慕情　初出　同人誌「鳰《にほ》」一号　一九七九年四月二十日

大野からの手紙　病むあなたへ

――三八豪雪（一九六三年）の年に――

その人と逢ったのは、今も「三八豪雪」と言い伝えられる大雪の年を迎える直前の冬の日。彼は病いの不安をかかえ、東京の病院で診察を受けようと、夜の駅で東京へ向う夜行列車「能登号」を待っていた。

私は病院へ見舞に行く約束をしてしまった。

この年の豪雪について福井県地方気象台は次のように報告している。

シベリヤ大陸から張り出してきた優勢な高気圧による異常な西高東低型気圧配置は、稀にみる寒気を続々と日本海沿岸に送り込んだ。上空に強い寒気の流入、一月十五日頃から前線は北陸沿岸に停滞し午後には風雪波浪注意報、激しい吹雪と大雪になった。十七日までの新積雪合計は平野部で六十センチ前後、山沿い地方は百センチ以上となり十七日の朝には福井九十九センチ、大野百七十二センチの積雪となり交通機関は大混乱となった。(昭和三十八年『豪雪の記録』)

手術後のあなたへ

この手紙が着く頃、大分病状もおさまっていることと思います。手術の前後そばにいてあなたの苦しみを幾分なりとも分け持つことができたことを幸いに思っています。お義兄さまに地下鉄駅まで見送っていただいたのですが、頭の中がぼんやりしてしまって東京駅を幾つも乗り過ごしたりしました。

福井は近年にない大雪で、福井へ帰ったものの全ての交通機関が不通で二十日の夕方やっと大野へたどり着きました。こんなことなら慌てて帰る必要はなかったのにと残念です。大野線がやっと開通した今日（二十日）までずっとT先生の家にごやっかいになっておりました。福井から大野まで五時間もかかりました。明日からの学校も四キロの雪道を歩いて通わねばなりません。

大野高校もずっと三時間で授業を打ち切っていたそうで、T先生をはじめ福井、勝山から通勤しておられる方は皆欠勤しているそうです。来週から授業もどうやら平常どうりになるでしょう。でも越美北線、県バスは開通の見通しがなく、電車での通勤は大変なことですね。東京の乾いた天気からはとても想像もつかないことです。商店街も二メートル近い雪に深く埋もれて、店舗を足下に見下ろして通るありさまです。細い路などは屋根から落ちた雪がさらに重なって、二階の窓から雪が掴めそうです。

今度東京へ行って強く感じたことは、病に打ち勝とうとする人間の生命力の強さです。その人の意志の有無にかかわらず、生きるために体の全機構がその一つの目的のために働くのですから。今回の手術を転機として新たにファイトを燃やされることを期待しています。

T先生の家で奥さんのお話をお聞きして、まだまだ私たちは人間としての生活はこれからなのだという感を深くしました。二月始めに予定されていた寒冷休暇の分がこの雪のための休暇にあてられてしまいました。交代してもらった日直も溜まってしまいましたし、当分暇がありそうにありません。

もうすぐ起き上がってお話などできるようになることでしょう。お仕事のことなどあまり気になさらないで回復に努めてください。お預かりした学校への手紙、T先生にお願いしました。この雪のため少し遅れましたがお許しください。

お義兄さまには大変お世話になりました。よろしくお伝えください。T先生も大変心配していらっしゃいます。そのうちお便りをくださることでしょう。ではまた。早くよくなってください。

一月二十日

大野の雪

大雪情報（一月二十六日十五時発表）福井地方の雪は百八十センチに達し、気象台創立以来六十五年間の第三位となった。大野地方でも二百七十二センチになり昭和二年以来三十六年ぶりという大雪となった。

大雪情報（一月二十七日六時四十分発表）福井地方の積雪は百九十六センチになり昭和二年以来三十六年ぶりの大雪で気象台創立以来第二番目の記録となった。また大野地方でも二百八十二センチに達し、三十六年ぶりで第三位となった。今後雪はまだ降ったり止んだりして雪の被害はさらに大きくなる。注意を要す。（福井県地方気象台）

もう大分前から、リカバリールームから元の部屋に戻っておられると思います。手術の糸も抜かれた頃でしょうか。身の回りのことなど自分でおできになるのでしょうね。盲腸のようなちょっとした手術でさえかなりの体力を消耗するものですから、当分はご自分の体を大儀に思われるでしょうが、消化器の病気ではないのですから、栄養の摂取に努めれば直に元の体に戻られると思います。一日も早く全快されるよう祈っています。

大野のひどい雪についてはこの間もお知らせしましたが、二十三、二十四日とさらにひどく雪が降って二階の屋根まで埋もれてしまいそうです。あなたもご存知の七間通りなどは、秋には高く仰ぎ見た水銀灯は腰をかがめてくぐらなければなりません。顔すれすれに強い光を放つ水銀灯の光に、絶え間なく降り続く氷の粉のような雪が一つ一つ反射して目まいのしそうな異様な光景です。街の通りはどの道も雪の山と谷の連続で、突然むっくりと現れては消える人影は異様に大きく思われて、北極で熊にでも出会ったようなゾッとした気持ちになります。この大変な大雪の風景をご覧になれないのが残念です。お帰りになられる頃には幾分この雪も落ち着いていることでしょう。あせらずに今学期中ぐらいはゆっくり静養なさると良いと思います。

大野市の学校は二十五、二十六日と全部雪のため休校になっています。大野高校については道で大勢の生徒に出会いましたが、多分短縮授業ぐらいしているのでしょう。休校は本当に有難いのですが交通機関が全部ストップの状態が幾日も続き、大野から一歩も出られないのが残念です。

今日郵便局へ行きましたら、福井その他の方面への郵便は大分遅れる由の張り紙が出ていました。この手紙も雪がおさまって電車か何かが開通しなければ大野で幾日もストップさせられることでしょう。一方通行の手紙は書きにくいものですが、退屈の慰めにでもなればと、せっせと書くことにします。二月初めにも多分休みがあると思います。でもこの雪では出られる可能性は薄いようです。また折りをみてお見舞いに行きたいと思います。

雪に閉じ込められた下宿の一隅であれこれ物思いにふけっている毎日です。すでにレールの上に乗せられて動かし難いことのように思われた私の生活の方向が突然方向転換したこと、それは半ば私の意志で、他は逆らい難い運命の力によってなされたことのように思われます。何か神様のようなものがあって、あなたを早く病から立ち直らせるために、そしてファイトに燃えて人生の再出発をさせるために私を迷わせ結びつけたように思われるのです。私は神秘主義者ではありませんが自分でもよく分からないことはそのように考えると好都合です。でもあなたは私のことを負担にお思いになる必要はありません。

次いであなたについての感想を一言。東京へ発たれる日、雪の中で見たあなたは何故かとても力なく、ふけ込んで見えました。東京へ行って拝見したあなたは、若々しく軽やかで夏にお会いした時と同じ印象でした。そしてその饒舌さに驚きました。リカバリールームで水を欲しがるあなたは赤ん坊のように見えました。ことに口がきけないから、こちらも適当に赤ん坊と判定するのに好都合だったのです。時としてあなたが声を出してしゃべられた時、意識ははっきりしていて、やはりあなたは貴方なのだと、ちょっと意外な気持ちがしたことを思い出します。

よく知っていると思われる人の顔かたちさえ、明確に認識するのは不可能であることに気づいています。ましてやその人の内面性、外に現れる行動についてさえも幾分なりと「よく知る」等ということは現実にはあり得ないことのように思われます。それなのに何故一人の人を愛し他の一人を愛していないと断定するのか、ここに至ると皆目分からなくなります。愛情の問題については、ちょっとした偶然の契機がやはり必要なのでしょう。それにしても結びつきの深さは小さな出来事の積み重ね、その中からでき上がっていく歴史のようなもの、やはりそうしたものだと考えたいと思います。

病気の方に長文の手紙は禁物と心得ますが、なんとなくペンがすべってしまいました。ふとこんなことを書きましたのも、私の唐突な衝動性に比してあなたのあまりに堅実な問題の処し方を先のお手紙から考えていたからです。私たちの間が今後どのように変わっていくものか、今のわたしには分かりませんがあなたが早く全快されるよう、少しでも力になりたいと、そのことばかり考えています。

東京には少しは雪が降りましたか。こちらはこんなにひどい雪に悩まされているのですから東京にも少しは雪が降らないと道理に合わないとそんな風に考えています。あなたのご様子が皆目分からないものですから、自分勝手なことばかり書きました。ご自分でお読みになられることを想定しての手紙ですから、まだもし他の人に読んで聞かせてもらわねばならぬ状態でしたら、いささか都合の悪いものです。ともかく一刻も早く健康を取り戻されるよう祈ってやみません。

一月二十七日

除雪作業

今日（日曜日）、北陸には珍しいくらいのお天気、重い灰色の空にも慣れ切っていたこの頃でしたが、輝く青空を見上げる時、つくづく太陽の貴重さを感じます。

九、十、十一日は全県あげての除雪デーとかで、街路の除雪も大分はかどり舗道の見えるところが多くなりました。大野にも自衛隊が入っております。九時近い今もまだ雪を運ぶトラックのひしめく音が聞こえてきます。徹夜の作業でもするのでしょうか。春がすぐそこまでやって来ているような感じがします。

電話をかけて部屋へ戻りましたら、速達が届いておりました。それから二時間余りして三十日付けの手紙が着きました。返事を書いておりましたら、また三日付の手紙が届きました。あと残るのは二十五日に出されたものだけですね。多分二、三日中に届くでしょう。それでもう一度書き直しています。手紙が書けるほどに回復されたのは案外早かったのですね。様子が全然分からなかったので、いつまでも手術当時のあなたを想像していました。髭が伸びて聖徳太子の如し、とありましたのであらためて千円札を取り出して見直しました。あなたのお髭の様子では先祖はきっと漢民族の系統かもしれませんね。声の方もこの間よりは良くなっていらっしゃるようでした。

退院後の計画もいろいろおありのようですが、できるだけ出歩かないようになさった方がいいと思います。手術後は抵抗力が弱くなっていてすぐ病気に罹りやすいものです。大阪の方へ行くのは春休みか夏休みにでもなさって、さっさと帰っていらっしゃい。ただ静養されるだけでしたら福井の方がずっと空気もよろしいし、家で静養なさるのが最上だと思います。

電話では、あと一カ月病気休暇を延ばす由聞きましたが、一カ月病院にいなければならないということなのですか。それとも放浪の期間を含めてのことなのかしら。最初の計画ではそつなく三十日以内の病気休暇ということで、二十九日と休暇を区切りましたのに残念でした。

先のお手紙にはヘッセのことが書いてありましたので、そのことについて書いておりましたが、こんどは『放浪記』の方にペンを移さねばならないようです。放浪記は中学生の頃、姉が借りてきた本を盗み読みして大変感じ入ったことを記憶しております。右も左も分からない頃のことですし、その記憶は鮮明ではありませんが、あなたが非常な反発を感じられたということ、人間の汚い面をことさらに暴き立てて、さかんに不幸がるというような点でしょうか。その点何かキザさみたいなものを感じないでもないですが、あの当時の社会において自我を貫いて生きた何か非常な人間くささは一つの驚異であったに違いありません。

私が病院へ行きました頃おられた遠山さんたちはもう退院されたそうですね。うんざりするような病院生活も後には懐かしく思い起こされるものですから、この機会に満喫していらっしゃい。同じことを繰り返し考えることは余り健康的ではありません。できるだけ何も考えないで読書に時を過ごされることをお勧めします。人の健康は多分に気の持ちように影響されるものだそうですから、今後は精神主義で行きましょう。

お電話しました時、山田さんが何とかと看護室の声が聞こえました。あの時お義兄さまがいらしたのですね。あなたにお義兄さまと食事をするようにとお金を預かりましたが、ずっとおごられっぱなしでした。お礼の手紙も出していませんがよろしくお伝えください。それからお聞きするのを忘れましたが、多分お姉さまもう赤ちゃんがお生まれになったのでしょうね。電話する前にはいろいろお聞きしようと思っていますのに忘れてしまいます。

除雪作業も大分はかどって、今後は手紙も順調に届くようになるでしょう。新聞は来ているのに手紙がこんなに遅れるなんて、きっと十円では馬鹿らしくて郵便局は無理に届けようとはしないのでしょう。あまり遅配続きなので手紙はもう止めようと思っていましたが、やはり電話より色々のことが書けてよいようです。

越美北線には八日から除雪車が入っています。もう十日もたてば開通することでしょう。それから大野では今や市議選挙戦たけなわ。この雪で自動車は出せず、皆テクで回っています。一行十名あまりが長い幡を持って歩く姿は桃太郎のようです。各家の壁は雪の壁に覆われていますから、ビラは小さなプラカードに貼って雪山の上にちょこなんと立ててありますのも、何とも喜劇的な風景です。あなたが帰っていらっしゃる頃、この雪もその面影を留めないほどに減っているだろうと思うと残念です。でもここ数年大雪が続くそうですから、またの機会にご覧ください。ご回復を祈りつつ。

二月十日

再手術

予定通り手術はお済になりましたか。こちらへ帰ってからすぐ手術前に届くように手紙を書きかけたのですが、夜行で行って夜行で帰り、すぐ授業に駆けだす強行軍で、すっかり疲れてしまって居眠りをし書き損なってしまいました。今日はもう速達で出しても届きそうにありませんから、手術後意識を回復されてから読んでくださるようにとペンを執っています。今度の手術にはきっとお母さまがいてくださることだろうと思って安心しています。それにきっと前の手術より回復も早いですよ。そう祈っています。

私が行きました前後、二度目の手術といわれて少しいらいらしていらっしゃるようでした。あなたのお体には禁物、どうぞ気を強く持たれて気長に療養なさってくださ い。私はいつも考えているのです。あなたは素晴らしい生活をなさらなければならない人だと。あなたにはその価値があるのだと。幸運も不運も皆ごく主観的なもので、与えられた運命の中で素晴らしく生きることができると思うのです。過去のあなたから、あなたは内面の苦しみに強く打ち勝っていかれる方だと思っています。これからの生活のことを考えれば、一月か二月、たとえそれが一年になったとしても、大したことではありません。どうぞ気長に静かに療養なさってください。そのことを何度も繰り返してあなたにお願いしたい気持ちでいっぱいです。私のことはどうぞご心配にならないように。もし今度のあなたの病気がなかったら、あなたはきっと私を必要となさらなかったでしょうし、私もこんなに強くあなたに結びつけられなかったでしょう。そのように考えると人生におけるどの出来事も、とても貴重なものに思われませんか。

今度の日曜日は日直ですから、次に三月三日にまたそちらへ行きます。それまでにお話ができるようにきっとなっているでしょうね。欲しい物があればお知らせください。持っていきましょう。北陸の空は暗く重いとばかり思っておりましたのに、東京よりはずっと明るく輝かしいように思えます。きっと空気が澄みきっているからでしょう。もうすぐ春が来ます。草も木もあらゆる地上の生命が息吹き始める美しい春が来ます。雪の裂け目の黒い土から萌黄色の芽をのぞかせた蕗のとうをご覧になったことがありますか。雪国の人間には、ことに雪深い寒村に住む人には心をわくわくさせる春のお告げです。人間の生活とて自然の造化の一つ、私たちの生活の中にもきっと意外に早く春が訪れてくることでしょう。

二月十九日

先の手紙は二十一日に、それから今日（二十五日）に後の手紙が着きました。絶食をされることになられたとか。それでリンパ液が止まってくれるとよいですね。ガンジーの断食は四十日以上でしたね。普通の人でも一月ぐらいは水だけで過ごせるそうです。生駒のあたりに断食療法をしている病院があるとか。そこへ入ったことがあるという人の話を思い出しました。旧い細胞を消費してしまって、それから食事療法により新しい好ましい細胞を作るので、どんな病気でも治るとかいう話でした。あなたの場合とは違いますが、断食するということはとても体に良いのだそうです。またお腹がペコペコということから別の話を思い出しました。

ある人が学生時代、経済的にピンチの状態になった時、やむなく断食することになって、二、三日は毎日頭くらいの大きな餅をパクパク食べる夢ばかり見たという話、私などはご馳走を食べる夢は望んでもなかなか見られませんが、あなたの場合は絶好のチャンス、大いに夢の中で美味しいものをうんと沢山食べてください。でも、二、三日すると食べ物に対する憧れもなくなるそうですが。

あなたがもう一度手術されることをT先生に知らせましたら、心配になられたようで、学校の帰り下宿へ立ち寄ってくださいました。ちょうどあなたの手紙が着いた時でしたが。

病気休暇は三カ月あるけれど、やはり一年くらいゆっくり静養するために休職した方がよいだろうとのお話でした。でもそのことはもう少し様子を見てから決めましょう。

お母さまがずっといてくださって、ホームシックの方はすっかり治りましたか。今度行きました時お母様にお会いしそうですが、初対面なのできまりの悪い気がします。度々夜行の連続でただ十二時間のためにはるばる出かけていくなんて、誰が見たって変わった女に見えるでしょうから。約束しなかった方が良かったかもしれません。

昨日は久しぶり一日とても冷たい吹雪でしたが、今日はまたよいお天気になりました。もうすぐ三月ですから。確実に、正確に季節が変転する。当たり前みたいなことですが、あの冷たい雪の日々のことを考えるととても不思議に思えます。朝通勤する時には深い霧が立ち込めています。汽車の窓から生徒の登校する影みたいなものが、ぼんやり見える時、何か遠い異国を旅しているようなそんな錯覚にとらわれます。ちょうど北海道の四、五月に相当する風景だそうです。深い霧は捉えどころもなくひょうひょうと、とても孤独なものですが、それが春近いことを告げるものであるのを知っている人々には暖かい太陽の息吹のように感じられるのです。

点滴大変ですがせいぜいご辛抱ください。病院でのご様子を想像していると、福井と東京の間の距離がなくなって、今すぐエレベーターに乗りさえすればあなたの病室へ行けそうなそんな気がしてきます。大雪の休暇に代えて、三学期は二日延ばされて春休みは二十七日からです。今年は移動の問題もありますし、慌ただしい不安定な学年末を過ごすことになりそうです。四日から定期テストが始まります。それに七、八、九日と勝山で行われる講習会に出ることになっています。

学校では必要時数を確保するよう盛んにお尻をたたかれます。二十二、二十三日と雁が原で県体のスキーがあり、私たちの学校が優勝しました。引率に行かれた先生が捻挫されて休んでいます。私の週番の相棒なのでつらいところです。一人でカタカタ走り回っております。そんな毎日。あなたもお元気で。お母さまによろしく。

二月二十五日

昨日は玄関まで送ってくださってどうもありがとう。学校へは十五分ほど遅れただけで無事着きました。午後、卒業生の就職先が学校へ寄付してくださったお礼の宴会がありました。この葉書はそこの会社の技師さんが描いてくださった私の似顔絵です。似ていますか。

職員全部の似顔絵を描いてくださって大笑いしました。人全て単純化されれば漫画的風貌となるようです。それからあなたのお心づくし有難くいただきましたが、かえって迷惑をおかけしたようで心配です。でもとても楽しい一日でした。早く元気になられて帰っていらっしゃる日を待っています。

三月四日

ここ数日ずっと雪が降り続いています。じっとり水を含んだ重い雪で、体の中まで濡れてしまいそうです。降る雪の形状によってその日の気温を知ることができます。一月の「寒」にはさらさらと乾いた粉雪、少し暖かくなると手のひら一杯に広がりそうな大きな牡丹雪、三月の雪は水を含んだ重い雪。大野はまだ雨が一度も降りません。やはりそれだけ寒いのですね。舗道に落ちると雪はたちまち透明になって、ちょうど

「ところてん」を敷きつめたようになります。そこを車が勢いよく走り過ぎる時、まるで水撒き車のように四方八方へ水しぶきを飛ばしますからたまったものではありません。雪が少し溶け始めると雪の重みで痛々しいほど枝を傷つけられた木々が姿を現し、今年の雪のすごさがあらためて思い返されます。

長いお手紙ありがとう。随分良くなられたようで嬉しく思っています。再手術をするとかしないとか言って何度も驚かされましたがこのまま良くなってくれると本当に良いですね。でも手術をしないで声はもとのようになるのですか。特に声を出す必要のある二つの職業ですから、できるだけ良いように運んでください。

同じ病室のＦさん、奥さんはずいぶん若く見えましたが、大正十三年生まれではもうかなりお年なのですね。大陸で宣撫班だったため戦犯に問われ八年服役、釈放されて帰国すると直ちに極東軍事裁判による戦犯に問われてまた巣鴨に拘置されたとか。なんだか私たちの世代には遠い昔物語のようで身近に感じられません。

手術室に入るまでに『鞍馬天狗』を読み上げたというＹさんのことなど、あなたの自由奔放な空想力にとても追いついていけませんが、お手紙とても楽しく慰めてくれます。

ここ数日成績処理がたまってしまって、とても忙しかったのです。今日はどうやらカタがつきました。明日は認定会議。すこし余裕ができると落ち着いてペンを執ることができます。あなたの真似をして色んなことを書いてみたくなりますが雑事に追いまわされている私にはとても追いつけそうにありません。お手紙から奈良のことが懐かしく思い起こされました。私も新聞を見て「お水取り」があったのだなー、と思っていたところでした。激しく燃えさかる火を振り回してお堂の中を走り回ることなど、いろいろ不思議な行事をまざまざと思い起こすのですが、それが現実に見たものか、映画で見たものか不確かなのです。と言いますのは卒論の発表会のあと、教授が自分で編集作製した「お水取り」の映画を見せてくれたことがあるからです。あなたがすっかり良くなられたら一度奈良へ行きましょう。私は市内くらいしか知りませんが、かつて歩き回ったところを一緒に歩いてみたいと思います。下宿で朝早く目覚めた時など、東大寺の裏の池のあたりをよく一人で露を踏んで歩いたものです。バケツを下げて。金魚を飼っていたので水道の水は塩素が入っていると思いそこまで水を汲みに行ったのです。暗がりの中で鹿のお尻の白い毛が、まるで動物の目のように白く光って見え、びっくりしたことなど思い起こします。

私の夢を見てくださった由、どうもありがとう。深層心理学の方はよく知りませんが、夢になるまでにかなり日数がかかるもののようです。実際、夢に見たいと思っている現実のことより、遠い過去の記憶、子供の姿の自分や幼い姿の姉や妹、そんなものが夢となって現れてくるように思われるのですがどうでしょう。私の場合、いつも何か夢を見ているようですが、目覚めたとたん忘れています。いたって健康なため眠りが深いせいでしょう。

移動のことについて書きかけると心が重くなります。職場はどこでも同じですし、あまり気に病まないで陽気に過ごすことにしています。

もうすぐ通院できるほどに良くなられたのかしらと、本当に不思議な気がするくらいです。でもなるべく無理にならないようにしてください。お義兄さまの家からかなり遠いでしょうし心配です。それに赤ちゃんがいて大変ですよ。体が自由に動くようになってくると、だんだん楽しみも増えてくるでしょう。あなたのお元気そうなお手紙から、わたしも楽しくなってきました。ではくれぐれもお体に気をつけて。

三月十二日

春の到来

今日はとても暖か、昨日までの身のちぢむ寒さを思うと突然の春の訪れに驚くばかりです。炬燵も火鉢もなくても平気です。もうすぐ春ですね。今日学校で折れた桜の枝の処理を生徒としました。枯れ枝とばかり思っていたものに、小さな芽のふくらみがびっしり出ていました。雪を割って流れ出る小川にもほのかに陽炎がたち、かつては水の音にもぞくぞく寒さを感じましたのに、ふと手を浸してみたい、そんな衝動を起こさせるような「春の小川」になりました。

今日は卒業式の式歌の練習やら大掃除があり、旧校舎との間を何度も往復しました。道も枯草も白く乾いていて、もうどこかでつくしが頭をのぞかせているのではないかと、そんな期待に足もはずみます。幼い頃悪童たちと共に枯草を分けて土筆を捜し、わずかにのぞいたその頭の上に丁寧に家を作ってやったことなどそんな他愛ないことがふと脳裡をかすめる春の陽気でした。

病院のせいではなく、こんな生々しい春の息吹は東京では感じられないことでしょう。東京ではウインドウに並んだ婦人服、店舗の脇の小さな花壇、そんなものによって僅かに季節の移り変わりを知りうるとか。

学校では卒業式の前ゆえ、三年生のサイン攻めにあいます。やはり最も愛着を感じるのは、すぐ社会に出て、それも遠く都会に職を求める生徒。賢くもなく美しくもないけれど、本当に幸せになって欲しいと真実そう願う気持ちから、彼女たちの感傷をそのまま受け入れペンを執ります。

昨日、○○小学校で今年になってから二度目の火事がありました。アイロンの不始末だそうです。二度というので校長は辞表を出すし、職員は取り調べを受け大変な様子です。何でも五十六歳で退職勧告を受けるはずであった校長は、もし辞表が受理され退職となれば四百万の退職金が二百万になるとかで、今熱を出して寝込んでいるそうです。ちょっと喜劇的ですね。大野でも定年前の校長たちはすっかり肝を抜かれた様子で、どこへ行っても火の始末、火の始末と聞かされます。私の学校もさっそく職員が集められ一席聞かされました。四百万が二百万になるのだと。

大野高校は今学年末テストのようです。卒業式は十日でした。瞬く間に時は走り去ります。何もせぬうちに。ただ仕事に追われている間に時を失ってしまいます。あなたの場合、読書したり、色々考え事をして時を過ごす、むしろ私たちよりも有意義な時を過ごしているのではないかしら。お焦りになる必要は本当に全然ないと思います。

明日は卒業式の練習。十七日は卒業式、少しおしゃれして行きましょう。今日勤勉手当がでました。三千六百四十六円也。お元気で。

三月十五日

二、三日冷たい雨の日が続き、雪もごっそり減って埋もれていた街路樹もようよう姿を現しました。上から押し付けられる雪のために、ちょうど草を逆にしごいたような無残な枝の痛められようです。今年は芽が出るかどうか案じられるくらいです。日中でも雪の上は固く締まって上を歩いても平気です。純白だった雪の所々灰が撒かれて、田畑は白と灰色の奇妙な模様になって見えます。春が近づくと村人たちはすぐ田植えのことを案じ、雪を消すために色々工夫をするのです。

卒業式は十七日に済みました。神妙な顔をして、あるいは大きな涙をポロポロこぼして別れを惜しむ生徒たち、四月になれば大高へ行って歓声を上げてはしゃぎまわることでしょうに。三年生がいなくなって授業時間も六時間減りホクホクしています。

春休みまで後一週間、待ち遠しいことです。

　お体の方は如何ですか。お便りが少し途絶えたようで心配しています。あれからまた悪くなられたのではないでしょうね。

　過去のことを振り返ってみても、どのように切り抜けたらよいか、壁にぶつかったように恐れ、不安に思ったことも、いざその場に身を置けば何のこともなく平易に過ごし得た、そんなことの積み重ねでした。あまり物事を重大視せず淡々と過ごそうとそんな人生観も過去の経験から持ち得るものです。今中学を卒業し、子供から少し大人の世界に足を踏み入れる生徒たちにとって、ことに都会に出て就職する生徒たちの不安、そんなものも想像することはできます。今春私どもの学校は新校舎も完成し、坂谷教場と統合することになっていましたが、また難しい問題が起こって今年一年見合わせることになるもようです。統合すれば私は余ることになってどうしても他所へ行かねばならないのですが少し情勢が変わってきました。過去二年、建設中ゆえ家庭科という特殊教科の性質上設備その他のことで随分苦労しましたがいよいよ完成する日になって他所へ行くのも心残りです。それにそのように考えるもう一つの条件は、今まで糸魚川にいた姉たちが大野へ転勤してくるのです。そうすれば一緒に暮らすこともできます。

この間、姉が大野へ下宿を捜しに来ました。都合よく国鉄駅近くに一軒建ちのものが見つかったもようです。私の一時の宿の心配がなくなったようでほっとしています。学校では早送別会のことに話題が飛びます。

冬、それはもう本当にこりごりです。永遠に冬が来ないように、深い青磁色の空を見ながらそう考えたりしています。春は朧月といって空は薄もやに包まれることになっていますが、一年で最も空気が乾燥するのは三月、空は心憎いほど澄んでいます。

三月十九日

下赤塚のあなたへ

退院おめでとう。本当に良かったですね。どんなに嬉しいことだろうと退院された日のご様子を色々想像していました。荷物の整理や運搬、それに急に変わった生活環境で疲れませんでしたか。もうすぐ春休みでお義兄さまの家も賑やかでしょうし、そんな賑やかな楽しさの中で無理になっているのをつい忘れがちでしょうから、体には特に注意してください。それに乗り物に乗っての通院も長らくそんなものから離れておられたからかなり疲れを感じられるのではないかと思います。気をつけてください。

大野では今風邪が流行しています。寒い間はヴィールスも怖気づいて少し暖かくなると羽根を伸ばすようです。私も鼻かぜをひいてなかなか治りません。

手術の際一部リンパ線を取り残したところがあるそうですね。放射線は体にあまり良くありませんし手術して取った方が安全なのではないかしら。医学的なことはよく分かりませんがそんな風にも思います。放射線は喉のところだけかけるのですか。どんな風にしてかけるのかしら。長かったら夏休み頃までというお話、どうせ半年休職されることになるのでしたら、ゆっくり東京で楽しみながら療養される方が良いでしょう。大手術のあとはすっかり良くなったようでも、すぐもとの生活に戻るとやはり無理になるでしょうし、夏休み頃まで腹を決めて療養なさってください。

お母さまお一人でお寺の世話をされて、あなたもどんなにお家のことが心配なことかと推察します。家には何の責任もない私などにはとても分かりそうにありませんが。

市教委からの命令で終業式は二十六日に統一するということで、二十六日まで学校があることになりました。でも授業があるのは明日（土曜）までです。あとは大掃除や備品の整理で終わることになります。お姉さまの赤ちゃんも大分大きくなられたことでしょう。私の学校の方がやはり三月三日に出産されて、その見舞いに行き生まれたての赤ちゃんを初めてみました。あまり小さいので驚きました。それに鼻の頭が黄色いのです。顔があまり赤いからそんな風に見えたのかもしれません。卒業式がすんで早五日、卒業生からの礼状がそろそろ届く頃になりました。どれもこれも先生を褒めたたえて仕事に勉強に最善を尽くしたいと書かれてあります。何故かとても可愛い子だなー、とだんだん夢を失っていくだろうその子たちの将来を考えながら、人生の美しさとも悲しさとも言えないそんな感慨にひたります。こんなことを書いてくる生徒は就職した生徒です。

春もだんだん暖かくなっていくと洋服にお困りでしょう。何分厳寒時の着たきり雀でしょうから。福井でももうコートなしの勇敢なお嬢さんがいます。

あなたが一応安定した状態になられたこと、それはとても心を休めてくれます。あなたが悪い状態だった頃は、私も自分の体を痛めつけたいような苦しさで、めちゃくちゃに早く歩いたり、走ったり、そんなことで気を紛らわそうとしたのです。そんなものがあの雪道を歩き通させたのかもしれません。学校の職員の中でも一年程休職した経験のある方はかなりいます。長い人生、それぞれ病気になることも多いですから。そのため身分の保証を獲得すること、それが誰にとっても切実な問題だとつくづく考えます。あなたも大きな気持ち、あつかましい気持ちでゆっくり療養されてください。

三月二十二日

お手紙ありがとう。今日も日本晴れ。天気予報は毎日、午後曇りになって小雨が降ると言いますのにどうしたことでしょう。今年の大雪についても、一月になってもまだ大したことはないと言っていたのですよ。予報に一生を費やしている人たちは侘びしくないのでしょうか。

今日は三十七年度の最後の授業、私の面白くもない話を一年間よく聞いてくれたものだなーと、そんな感慨がわきます。生徒に残ったプリントを与えて私は窓際で日向ぼこ、一人一人の顔を眺めておりましたらなんだかとても可笑しくなってきました。

中程に座っているH君、すぐ悪乗りしてしまう生徒ですが字を書くとき万年筆のキャップを耳の穴に差し込んでおくのです。近眼なので黒板を見る時はその度にペンを置いて両手で狐目のようにつりあげるのです。本人は大真面目なので一層可笑しくなってきます。ノッポのG君とK君は、今日も朝会のとき前へ出されて叱られました。後ろにいても頭が皆の上に飛び出してしまうため、ちょっとおしゃべりをしてもすぐ見つかるのです。

明日は日直、だからすこし洗濯をしてきました。大野はとても水のきれいなところで、至る所清水（ショウズ）と名づけた湧水の洗濯場があります。私の下宿のすぐ後ろにもあります。ものすごい勢いで水がどくどく溢れ出ます。水はとても温か、夕餉の支度で誰もいず、少し暮れかけた空は白っぽくそれでも美しく晴れていてとても爽やかな気持ちでした。

あなたが通勤されるときいつも通られた道、角のお風呂屋のそばに小さな貸本、菓子兼仕立て屋があるのをご存知ですか。そこの可愛い女の子、大高生だったようですが、今日曙孔版へ学校新聞の代金を払いに行きましたら、そこの作業員になっているのを見てちょっとびっくりしました。仕事中に行ったのは今日が初めて、薄暗い長屋のようなところの印刷屋ですから煤にまみれた年配の工員たちを想像していましたのに、皆若い作業員ばかりなのにも驚きました。作業員の低賃金をたよりに細々とやっているといった感じ、それにしてもあんな可愛い女の子（以前からそう思っていたので）がこんなところで働くなんてちょっと悲しくなりました。

Fさんは大分元気になられましたか。お手紙にあった輸血量、ちょっと計算してみましたら約五・五人分ぐらいになるのですね。Fさんの社交ダンスのことは少し割引して聞くことにしましょう。歩けない人は昔のことを実際以上に素晴らしく考えるものですから。ベッドの上で歩きたい歩きたいと思っているうちに、スイスイと踊っている自分が空想の中にでき上がってしまうのかもしれませんから。幸運、不運は別にして、同じ生きるのなら色んなことを経験した方が面白いかもしれませんね。学校も後二日で終わり、早く白いブラウスだけで過ごせる季節になると良いですね。お元気で。

三月二十三日

T先生が宿直だとおっしゃって八時頃来られて今帰られたところです。お昼頃から電話をかけようと思いましたが、あまり晩くなったので手紙でお知らせします。私の異動の件今年は見送りとなりました。必ずかわれると思っていましたので少しばかりショックです。

休職のことでお家にも行かれ、お母さまと一時間あまり話されたそうです。お母さまがおっしゃるには「現在の若い者の根性ではとても学校と寺の掛け持ちはできないから、いずれ辞めねばならぬだろう。私は朝寝をしたことは一度もないけれど、息子はいつまでも寝坊していること、お父さまが苦労して北陸の白崎というところまでの寺にしたのに、いい加減なことをするのでは檀家に申し訳ない。僧職を辞めて他で成功したものは誰もいないし、またせっかくここまでの寺にしたのに今寺を去ることは苦しいけれど、教職の道につくして世の役に立てば、それもまた道は違っても同じく仏の道につくすことであるから、それも良いと思う。お寺の生活は苦労が多いから、娘は一人も寺へはやらなかった。息子は苦しいとき母親に知らせないのに私には知らせたということだけど、私については母親に何も言わない。こんなところに来てくれるという奇特な人は一体どんな人ですか」と訊かれたそうです。

あなたもよくご存知のお母さまの考え、ここに記す必要もないでしょうが、ちょっと興に乗って聞いたまま記しました。あなたが寝坊するという点が大変気に入りましたので。あなたのご様子からお母さまのことも想像していましたが、ちょっと怖いくらいシンの通った方のようですね。お父さまもきっと厳格な方であっただろうと想像します。お寺のことについては、体の問題、経済の問題も合わせて休職されている一年の間に考えられると良いでしょう。家庭という難しいものから長らく離れて生活している私には想像できませんがやはり本当に難しいもののようですね。
転勤のこと、心配されていることだろうと、早くお知らせしようと思いましたが今はどうしようもありませんので普通便で出します。姉たちはまだ大野へ来ておりませんので当分ここにおります。転居する際はまたお知らせします。弟さんが出ていらっしゃる由、これを書いておりますす頃楽しく雑談などしておられるのではないかと想像しています。今、私が頼りうる確かなもの、薄給でも意に反するところでも、やはり今持っている職業しかありません。そういう意味からも本当に良い教師でありたいと切実に思います。お体にお気をつけください。

三月二十九日

新学期

姉の家の都合で下宿は別にしていますが、毎日夕食を食べに行っています。すぐ近くです。小さな姪たちの相手をしたり、テレビを見たりしているうちに時間を潰してしまい、今までとは大分生活が変わってきました。下宿へ帰り着くとすぐ眠くなってしまいます。さっきからまたひどい風雨になってきました。あなたのお手紙に何度かピエロでありたいと書いてありましたが、いつ頃からそんな風に一つの生き方をピエロという言葉を使って考えるようになられましたか。わたしがピエロというものを単なるサーカスのピエロという以上に考えるようになったのは四回生の頃でしたか。京都であったルオー展を見てからです。

キリストとピエロばかり描いていたルオーの哲学についてはよく知りませんが、暗い色調の中のわずかな赤がゆがんだ泣き顔を連想させて、その中からもう一つの光を追求しているそんなルオーの絵がとても好きになりました。同封しましたのはその時求めた絵葉書の一つ、まずい詩が書いてありますが以来ずっと小さな額に入れて三年間私の机の上にあったものです。私ってすぐ劇的場面を想像するいわゆるロマンチストだといって友達に笑われたりしたことなど、懐かしく思い起こさせる絵葉書です。

先日テレビで谷崎潤一郎の「子供の天国」を観ました。何故か印象深くてこんなことを書いています。途中まではありきたりの教師と子供の物語のようであったのに、後半になって一つの常識から逸脱していく切羽詰まった人間の狂い、そんな境地へごく自然に引きずり込んでいく不思議な力をもつものでした。

とても暖かくなりました。ちらほら大野でも桜が咲き始めました。暖かくなると、また風邪をひきました。どうも不思議です。気管がむずむずするようで息苦しく咳がでます。義兄の言によると「たるんでいる」からなんだそうです。春になってしまうともはや春はすばらしい季節ではありません。厳しい冬がやや緩んで、僅かに春の兆しが見え始める頃、そんな時がやはり最上の時のような気がします。さっきからかすかに三味線の音と、息を殺した小唄の声が聞こえています。下宿のおばさんの養い子が芸者に出ているのだそうです。練習をしているのでしょう。

自転車うまく乗れましたか。下赤塚の日当たりの良い縁側を想像します。食欲のないときは無理に食べない方がよいように、体が疲れて気の進まない時は病院を休まれた方が良いと思います。気長に療養されてください。まだ一年あるのですから。急いで福井へ帰られてもどうってことはありませんから。勉強しようと思い決めたのですが、やはり何もしないで日が過ぎていきます。今日初めて新しくできた特別教室で授業をしました。五十一名の生徒を動かして実習させるのは本当に大変です。教室にちんまり座らせて講義するのに比べたら。

月末の連休楽しみに待っています。その折にはまたお知らせください。

四月十五日

手術後の経過は如何ですか。今日で五日目ですね。そろそろ傷口もふさがるでしょう。外来で簡単にできるというお話でしたが、順調に進みましたか。私の想像はあまり当たらないようなのであなたの状態をどんな風に想像したらよいものか迷っています。でもともかく峠は越されたことだろうと思っています。

今日姉のところへ行きましたら、奈良漬けが届いていました。義兄が帰っていませんので中味はまだ開いていませんが色々ご心配くださって本当に有難うございました。姉もすっかり恐縮していました。いずれお礼の手紙が届くことと思います。姉は私と違って悪筆ですがよろしくご判読ください。

五月も早半ばを過ぎてしまいました。この分だとすぐ六月になってしまいそうです。大野は今田植え時、日々田が淡い緑色に変わっていきます。大野高校は今中間テストのようです。さっきから隣の部屋で高校生の兄弟が盛んにこぼしていました。私どもの学校は来週から中間考査に入ります。本当に早いものです。まだこれといって何もしていないのに。

姉の子も五歳になってそろそろ人間臭くなってきました。黙り込んでいると、自分に関心をむけたくて盛んに意地悪を始めます。その時愛想の一つも言ってやれば気がすむのでしょうけれど、こちらも憎らしくなって下の子の方を可愛がると、もうめちゃくちゃに意地悪いことを言い始め最後にはベソをかいてしまいます。そして二、三日はそのことを苦にしていることでしょう。幼い子供の心は大人以上に悩み多いもののようです。何の苦労もないようであって、なかなかそうではないのですね。自分が一番可愛い子でなければどうしても気が済まないのですね。こうして目覚めていく自我とたえず闘いながら自己形成をしていく、一人の人間を生み育てるということ、それは到底生半可な気持ちではできないことだと思います。それにしては余りに簡単に子供を作ることができる人間の生理が不思議に思えます。夫婦というものについては今は現実感がないし、考えてみることは困難です。しかしその選択にあたって無意識のうちに「自分を傷つけない人」ということを考えているという意味において、夫婦というものに最も大切なものはそんなことではないかと思います。身の回りを見回す時、私の好みに合った夫婦にはお目にかかれません。母たちのようにも、姉たちのようにもありたくない。学校の同僚たちの言動から推察される夫婦関係を想像してもマッピラゴメンという気がします。第三者には分からない絆が皆それぞれあるのでしょうが、お互いをあまり大切にしていないように見えます。母も姉も私の年齢では二人の子の母であったのに、私はまだこんな呑気なことを言っていられる身分を幸いに思います。病院への往復、苦痛に感じられませんか。くれぐれもお体に気をつけて。

五月十七日

サークルのこと

今日（日曜日）は「岩屋サークル」の例会があり勝山へ行きました。三週に一度は日直が当たり、残った休日はこんなことで大方費やし、たまには家へも帰らなければならない。日曜といってもゆっくり下宿で過ごせる日はありません。今農繁期なので集まりは至って悪く、いつもの通りただ何となく集まって過ごすというだけに終わりました。新顔は勝山中の○○さん。四十歳前後の人ですが、壁に「最善をつくす」と拙い字の墨書を貼りつけている、勉強もしているし、いつも前向きの意欲を持った人です。二時から後ろの山に登りました。何でも一向一揆のとき、その山を越えて平泉寺を攻めたとか「勝山」という名のいわれを聞いたりして過ごしました。夏休みには立山に登ろうという話が出たりしました。

今まで七回ばかり会を重ねているのですが、職場の問題ばかり取り扱っていたので、今後は少し視野を広げて教育問題、その周辺の問題について学習しようということになりました。なぜこのようなことを書き始めたかというと、いつも私は非常に面白くない、勉強になったと思うことは何一つなく、時間と体力、金銭の浪費にいらいらしながら、それでもせっせと足を運ぶ、そして会の運営が最も悲観的になった時でも、それを持続させ、少しでも発展させようとしている、いつの間にか身についた生活態度について書きたかったからです。サークル活動、その他自主的な活動は全てこうした核がなければ持続するものではありません。それは本人の意志だけによるものではなくて、かなり長期の訓練がいります。大野で青年部活動がうまくいかないのも、そうした核になるものを執行部に持たないからだと思います。面白くないと書きましたのは、問題の捉え方というより思考方法が私の場合とそぐわないからです。思考方法というもの、それは過去の生活経験から、それも最も感覚が新鮮でその思想的基礎を身に付けたときにでき上がるものだと思うのですが、私の場合常に昔の仲間と同じものを求めて、それが得られないからだと思います。「岩屋」は常に実践に重きを置いていています。それも職場の中で、小さな問題をどう解決していったらよいかを話し合うわけです。観念論を好む私が間違っているのであって岩屋サークルの現在の方向が正しいのだと思いますが、やっぱり面白くないのです。小さな学校の中でいかに子供を見つめ、同僚に対しているかを話し合うわけです。立派な実践家だと思いますが何故だか私は窒息しそうな気分になります。

仲間が欲しいと思います。しかしその仲間をまず自分の職場の中に作り出そうとする意欲に欠けています。これらのことはいくら反省してみても、自分をかえていくことができません。今日つくづく感じたことは、皆「本当にくたくたに疲れた」という様子をしていることです。一年前と比べて本当にそんな感じがしました。それでも無い智恵をしぼって、多くの時間を割いて今後どうすべきか語り合う、その疲れた外容に反して語り合う内容は非常に建設的で、虚無の影はみじんも無い、飽き飽きしながらも、そんな言動は一言も出さずにただひたすら真面目に語り合う、そうした人たちについて一種の感慨を持ちました。

七時頃姉の家へ夕食を食べに行って、今（九時三十分）帰ってきました。読み直してみましたが、書いている時は真剣なつもりでも、書かれた後は全くつまらないことのように思えます。疲れました。字が大変乱れているようです。あなたに慣れるに従って、乱雑な字を書くようになったと思いませんか。何でも思ったことを書きますから。その点いつもきれいな文字のお手紙をくださるので感心しています。

姪たちと一緒にお風呂に入りました。「お母さんじゃないのに、なんでおっきなおっぱいしているのかな。ああ分かった今に赤ちゃんを産むのだな。……」五歳の姪の一人言です。スカートについては大変な愛着を持っているようです。「スカートをはくのが夏、雪が降るのが冬」なんだそうです。男の子と女の子の違いでは、「スカートをはいているから女の子」なんだそうです。つまらないことを書きました。

奈良漬けは甘口だったそうです。明日のお弁当のおかずに私も貰ってきました。どうもありがとう。回復が順調な由、嬉しく思っています。傷口が治った後精密検査を行うのですか。以前直腸の手術もなさったと聞きましたが、その方の検診も一応してもらうと良いのではないかと思います。ともかくこの期間をフルに利用して治療をなさってください。

今朝日新聞の家庭欄に「昔の女性の暮らし」と題してエジプト展に出品されたものについて書かれております。やはり見ておいた方がよかったように思います。ここ数日の暖かくなり方は全く意外な程です。日中は汗ばむほどです。毎日どのように過ごしていらっしゃいますか。一つの袋小路の中であれこれと考えあぐむ、そういう一つの性格、それはあなたと私とよく似た点だと思うのですが。そこから脱却しようという意欲、それはあなたの方が幾分強い。

三回生の頃でしたか、選挙のアルバイトをして自動車で奈良の田舎を隈なく回って歩いたことがあります。その時一緒に行った人が「私がこんなことをしているのを知ったら悲しむだろう」と言ってそそくさと辞めて帰った人がいました。「誰が悲しむの？」と聞いたら「お父さん」とのことでしたが、恋人のことを言ったのだろうと大分後になって気付きました。その時はブル趣味だなーと嫌な気がしましたが、今、私もあなたの好まないことは決してしたくないと思います。あなたと一緒にいる時は自分が美しくなったような気がします。お元気で

五月十九日

中竜鉱山争議のこと

今日授業中、ぼんやり外に目を移してつくづく思ったこと、五月の自然は生命の躍動感があって本当に美しいと思います。次々と芽生え伸びていく新緑の色に濃淡があってぽこぽこ膨らんで見えます。もうあぶら蝉が鳴き始めました。梅雨に入った模様で重い空の日が続いていますが決してうっとうしくはなく、弱い光線のためにかえって若緑が映えて見えます。空気全体が湿っぽく、ガラスもタイルも曇り、朝届けられる新聞もしっとり水分を含んだように感じられます。

今、中竜鉱山は第三波の争議中です。「住民の皆さんに訴えます」というビラが新聞の中に入っていました。平均年齢三十五歳くらいで平均賃金一万六千三百円（家族手当を含んで）、低劣な労働条件の中で閉山、首切りを前に第一波〜第三波と争議を続けているようです。これらの問題が大野の組合の中で話題の端にさえ上らないのを不思議に思います。一枚の激励の手紙がどんなに励ましになることか。執行部の人にカンパその他支援活動をしたらどうかと申し込みましたが、恐らく何もなされないでしょう。生活を守る一連の闘いの中に中竜争議が位置付けられていないからです。せめて親しい人に呼びかけて、激励の手紙でも書こうと思っています。

私のこと、それら労働者というイメージに多大の期待をかけずにいられない性向、溶鉱炉の火に照らし出された褐色の背、あごに帽子の輪をかけた蒸気機関手、ヘッドライトをつけた鉱夫の姿、それらが時がくれば次々と蜂起していく、そういう労働者のイメージがいつもあって、争議ときけば生き生きと活気づく奇妙な性向から抜け切れません。それは生活の中から出てくるものでも、理論学習の中から出てくるものでもなく、革命のロマンチシズムに酔う全く単純な感覚に過ぎないものであって、労働者というものが本当にそういうものであるとしても、もしその中に実際に入っていってその生活や考えを知ったならば、たちまちにして幻滅してしまいそうなそんな頼りない自分であることを知っていますが。

昨日姉と話していて、母は三十四歳で四人の子を連れ満州から引き上げてきたこと、叔母は二十二歳で二人の子を持つ戦争未亡人、一世代前の人は全く不幸だったと、あらためて考えなおしました。私はまだこれで若い娘として通用するのですからいい気なものです。そして「少年老いやすく学成り難し」と以前あなたのお手紙にあったことを考えて、もう私はこれで駄目なんだなーという気がしました。教師、それは他人のためにあくせくして、その忙しさの中に自分の成長を忘れてしまう、そんな気がしてなりません。子供の未来に希望をつなぎ、未来に生きる、そんな奉仕的な人間にはなれません。

九時、姉のところから帰ってきました。今アイスクリームを食べています。五十円の大きなカップのメロンです。値段のせいか本物のメロンの香りがするように思います。淡い爽やかな若草色、口の中でスーッと冷たく消えます。あなたが帰っていらしたら一緒に食べようと思いついて、今日は一人で食べてみました。早く帰っていらっしゃい。早く早く。

今、あなたのお手紙を下宿のおばさんが持ってきてくださいました。今日あたり来ているだろうと早く帰ってきたのですが、届いていないので悲観して姉のところへ行っていたのです。おばさんの部屋に入って忘れられていたようです。あなたのお手紙は数えてみましたら一枚に十行、一行二十八字、私は十五行で字もずっと小さいですから計算してみると三、四倍書いています。

東京と大阪、だんぜん東京の方が好きです。日本で一番好きなところは東京です。小説に出てくる地名は東京が多いし、そこに身を置くと小説の内容が一層身近なものに感じられることが理由の一つ、それにやはり政治の中心、身近に議事堂を置いてどうして政治に無関心でいられるでしょうか。事があれば一夜にして激しい民衆の足音に取り巻かれます。樺さんが死んだ安保闘争の当時の様子が想像されます。皇居前広場事件、生々しい闘争の歴史は東京にあります。それから理由はまだまだ沢山あります。文京区あたりの旧い大きな建物、すり減った石畳の坂、旧く曲がりくねった樹木、東京にある旧い部分が一等好きです。大阪は嫌いな方です。第一あの独特の訛りを好みません。学生の時、他の県から来た人は皆きれいな標準語を使うのに、大阪、京都の人は終身その訛りを捨てません。根強いのですね。それとも自分の生まれた土地に対する自信、愛着のせいでしょうか。

自分の置かれている環境を嫌うのは人の常のようです。東京をもう一度見直してみてください。私もこの憂欝な大野から早く逃れて、大野時代を懐かしむ時が早く来るとよいなーと思います。奈良にいた時は気絶しそうなくらい沈滞した奈良の空気が嫌でたまりませんでした。「奈良ボケ」とかいって。しかし今は、本当に美しいところに、懐かしい思い出に満ちたところに思えるのですから、人間の感覚は全くあてにならないものです。

あなたのチューリップについてお聞きするのを忘れていました。きっと小さな栄養失調の花をつけたことだろうと思います。抜糸された後の様子は如何ですか。

職場を離れて療養生活をなさるあなたのお気持ちはよく分かります。休職中月給を貰うことについてもそれは保証されていることなのです。男の人の仕事に対する執着や家への責任感は私などには充分解りませんが想像はできます。僅かな経験から考えることですが、どのような立場や環境に置かれても、人間から悩みや落後感は切り離せないもののように思えます。健康であればそれなりに、栄誉を得ればそれなりに。私もそうした敗北的悟りから現在の生活に甘んじています。全ての人がそうだと思います。

もし一緒に旅行できるとしたら、まだ一度も行ったことのない土地にしませんか。私たちは未来に向かって出発するのですから。仙台あたりはどうでしょう。早く帰ってきてください。今はあなたがいないから勉強できないのだと思っています。「勉強」全くあまりに簡単に今まで口にしてきたようです。自己弁護、逃避の場として口に乗せてきました。けれどここ数年勉強したことなど恐らく一日だってありません。

夕食後、姉のところのテレビで「藤十郎に恋」を観ました。もっともらしく振る舞う口の端に動かされて身を滅ぼす人間の弱さについて考えていました。何かを信じなければ生きてはいられません。しかし信じるところから悲しみが生まれます。
朝、いつも五時十分になると目覚めます。どうしてなのか不思議です。それからまた一眠りして六時二十分に起き出します。早く六日になりますよう。

五月二十二日

二十二日付けの手紙今届きました。私の二十二日に書いた手紙と同じようなことが書かれてありましたので面白く思いました。今月末にお帰りになられる由、本当に嬉しく思います。六月中旬のつもりでしたから。検査結果がどうかうまく行くよう祈っています。今はただお帰りになられる日を待っている。そしてその日がすんだら次に逢う日のことを考える……ということまでは分かるのですが今後私たちは、今年一年について考えても、どういう風に過ごすことになるのか見当がつかないし、かえって落ち着かないのではないかとそんな不安もあります。感情のままに流されて留まるところを知らぬ……思えば私たちのお付き合いは最初からそんな風にして始まりましたから。今後は節度を保つことをお約束したいと思います。二十日、お母さまにお手紙を出しましたらすぐお返事をくださいました。「生地まる出しの失礼をお許しあれ」と書いていらっしゃいました。あなたのお母さまに最初にお逢いしたとき、その娘時代の様子が第一に連想されました。動作が機敏で活発な、その当時としては非常に近代的な人だったに違いないと思いました。そのように何か若さを思わせるところがありました。その点以前の私の想像とはかなり違った方でした。あなたの家、お寺についても同様全く違ったものでした。

今日は久しぶりの爽やかなお天気、雨の日よりはかえって肌に冷たく感じられる日です。保健の時間、外へ出てバレーボールをしました。久し振りボールを手にして空を仰いで五月の空の晴れやかさに感嘆しました。生徒の白いシャツ姿の群れも目に爽やかでした。人はやはり自然の中にその故郷を持つものだなーと思いました。この五月の自然の美しさと若い歓声の中に身を置くことの喜びをお伝えしたいと思います。

ここしばらく重く心に覆いかぶさっていたもののために、特にこのように感じたのかもしれません。重苦しい一つの情緒にただ単に身を任す、そうした生活態度は私の一つの特徴でもあるのです。やはり意志によって脱出すべく努力せねばならぬと考えつきました。ラジオ放送で以前聞いた言葉の断片「現代のノイローゼは現在の生活を仮の生活と考えるところに原因がある……」を思い出しました。現在の生活のために最善をつくさねばならぬと改めて考えています。

ところで私のバレーボールの技術は二年女子の最低レベルと同程度であることを知らせておかなければ誤解されそうですね。すなわち体育方面の指導能力は皆無なのです。今日もただ生徒の活躍ぶりを楽しみながら見ていたという方が当たっています。

同室だった遠山さんも、Fさんも亡くなられたとか、驚いています。ことに遠山さんは手術前はとてもお元気そうでしたから、もし今度の手術をされなかったらもっと命が長引いたことでしょうに。私はまだ身近な人の死に出会ったことがありませんから、死というものの本当の悲しさを知りません。この世で最も恐ろしいことのように思えます。生きて動き、話し考えていたものが地上から全く消え去ること、そのことの持つ真の意味を知り得ること、大人になり生活経験を積むということは、ただ単に年を重ねるというだけではないとても大変なことなのだなーと考えました。

二十五日から長崎で日教組の定期大会が開かれます。私の学校からS先生が傍聴のために今日出発されました。長崎、一度行ってみたいところです。S先生をご存知でしょうか。一昨々年市教組の書記長をしておられました。田舎の学校には珍しい理論家ですし意識的にもしっかりした人です。しかし組合の仕事を退いた二年間は何となく元気がなく、ことに昨年などは職員会議でも一言も意見を述べられないので、そろそろ教頭になろうとでも考え始めたのかなと失望しながら考えていました。今年また執行部に入られてそれからはとてもお元気そうですし、一切の妥協を許さない毅然とした態度が出てきました。利、不利など考えずに自分の信ずる方向に行動するということがどんなに大切か……と思います。ファイト百倍になって帰ってこられることでしょう。

明日から中間テストに入ります。まだこれといって何も教えていないのに早からテストするいいかげんな自分の教師としてのありかたが反省させられます。だからといって次には大いに張り切るということには繋がりません。

今日当たりは検査結果が分かっておられることでしょう。きっと良い結果だったであろうと信じます。早く帰っていらしてください。電電公社におられるお友達は結婚のために帰られるのですか。男の人の友情は長く続くものなのですね。私はこの間手紙をくれた友人に結婚のお祝いさえ出していないことに気がつきました。忘れていました。あなたへばかり手紙を書くので、他の人に書く余裕のないうちに忘れてしまいます。
姉の家の子猫がとても可愛いのです。お腹を畳にすりつけて近頃よく歩き回るようになりました。あんまり可愛いからあなたに早く見ていただきたいと思います。お帰りの際にはくれぐれも道中お気をつけて。

五月二十四日

退院を待つ

月末にはお帰りになるとばかり思っておりましたのに残念です。一度塞がった傷口からまた糸が出てくるなんてどうしてでしょう。不思議です。内部に異物があるとき、表面までそれを排出するために変化するのでしょうか。手紙が遅れていましたのであるいは突然訪ねていらして、びっくりさせるつもりかしらなどと考えていたりしました。でも最初から六月中旬頃までの予定でしたから仕方がありません。ある期待を持たせられるとその方向に心構えが変わっていくので、がっかりさせられた後しばらくはどうしたらよいのかと迷ってしまいます。

本格的に梅雨に入ったようで、毎日雨が続いて憂鬱です。それに体がどうしようもないほど疲れます。義兄からの礼状大変遅れて申し訳ありません。姉は私が申しましたように悪筆なので義兄に頼んだのだそうですが、何分山の現場暮らし、下へ行く運転手に投函を頼んだら、ポケットの中にかなりの期間保管されていたようで、慌てて書き直したということです。私から失礼をお詫びして欲しいということでした。

何もかも放り出して見知らぬ土地をふらついて見たい欲望にかられます。「旅……」現代の流行でもありますがそれはいつも「ある逃避」のような気がします。目的のない旅は自然からさえも孤立させられたむなしい自分を認識させられるばかりです。与えられた環境を愛して生きる以外ありません。姉の下宿の大家さんは四十五、六の未亡人、料亭のおかみさんです。何でも二十七の時から未亡人だとか。半白の初老の人の二号さんで私たちと話すときは中性というよりむしろ男性を想像させるような人です。今日台所で炊事をしていたとき、二人の様子を垣間見て不思議な気持ちになりました。編み物しながらひっそりと語り合っている中年過ぎた恋人同士もやはり美しいなー、と思いました。心の安らぎの場として貴重な一時なのでしょう。私も姉の家族にまじって夕食を共にすることが欠くことのできない日課の一つになりました。一日の憂鬱がその一時によって晴れていきます。人間はどうしても一人では生きていけないもののようです。そんな弱さが無かったら過ちを犯すこともないでしょうし、もっと多くの仕事ができるでしょうに。

十日も前に山に登った時の影響がいまだに続いて足が痒くてなりません。スカートをはいて登ったためにかぶれたようです。顔がかぶれるのではないかと心配していたのですが年経て顔の皮が厚くなったらしく何ともありません。一時の好奇心からなした後の影響がその何十倍もの間、苦しみとなって続きます。

近頃年上の人に対して今までとは全く違った一つの認識を持つようになりました。それはどんなに年をとっても、心は二十代の心を持ち続けるということです。何となく楽しくなりませんか。何人もの子供を持つ人でも半白のおじいさんでも私たちと同じように感じ感動するのです。男の人たちは旧い親しい友達と話すとき、どんな話をするのでしょうか。今私には逢って話してみたい友達は一人もいません。逢えば当然語らなければならない今日までの生活を、互いに知り合うことはむしろ苦しいことに思えます。知られるということより自ら思い起こして口にせねばならぬことの苦々しさです。見知らぬ人と体面を繕ってありきたりの話をしている方がどんなに心が休まることか。現実の生活の中にかかわり合いを持たなくなった人、それはやはり自然に消滅していく人です。この四方を山に取り囲まれた大野という盆地、ここは完全に一つの小さな世界を作り上げています。四方の山は無意識のうちに、意識の中に他界と隔絶する壁として入り込んでいるようです。坂井郡や福井にいるときには全く感じない一つの壁。

暗い長い岩の洞穴を抜けると突然、美しい楽園が開ける、あの桃源郷の名文を思い出したと話していた人がいました。細い山あいの足羽街道を通って花山トンネルを抜けたときそんな風に大野を感じる人もいるようです。

T先生はよく「飼い殺し」という言葉を使われます。「俺なんか十年くらい大野で飼い殺しになるだろう」と。その時は大笑いして済んでも頭のどこかに残る言葉です。「飼い殺し」、その人間性を無視された商品としての「労働者」、どこへ行っても飼い殺しには違いありません。

激しく雨が降り始めました。あのザーという音は確かに雨が地を打つ音なのに、空気をぬって落ちる時の音のような錯覚にとらわれます。雨戸のすぐ下がトタン屋根なので雨だれの音が畳に響き伝わってくるようです。

この間生徒に詩を作らせました。「生活の詩」を。子供の着想は奇抜で本当に面白いと思いました。むしろ勉強の不得手な生徒の作品の方が良いものが多いようです。「電球に映った家」「ぼくの料理」「けんか」など。なかに私のことを詩にしてくれた生徒がいました。「やさしくて、何でも知っていて、気持ちがいい」と。

しかしこの間の中間テストの結果が他のクラスに比して悪いので悲観しています。漢字の書き取りや語句の意味を教えることを本体としている人に比して、悪くとも決して悲観することはないと自ら慰めてみてもやっぱりいい気持ちではありません。

あなたへの手紙は私の日記です。ペンを執りながら今日一日のことを反省します。否定的であればあるほど立派に生きたいと綴ります。何度も繰り返して。生きることそれは一つの大変な事業だと思います。この「生」に何の未練もないという、一種投げやりな気持ちが生活の原動力になっています。これといって努力もしていない、それでいて着実に仕事を進めている。十年一日の如く。喜怒哀楽を表に現さず、平々凡々と生きる……そうした職場の人々を見るとき、今私は一つの転換点にあるのだと思います。今まではもっと他の何かが、次に飛躍する可能性への期待があったけれど、今はそういった期待を失い生活のペースも崩している。ある悟りの境地を早急に作り上げねば順調に仕事を続けていくことができない、そうした転換点、そのための手掛かりとなるものはさしあたり「最善を尽くす」という言葉。

断片的なことばかり綴りました。学校から帰ってペンを執り、姉のところから帰ってきてまたペンを執っています。何時間もかかってペンを休めたり、考え事をしたりして次々に想起する色々な感情をこれといった意図もなく書き綴っているとこういうことになります。あなたは自分のことについて考えた最初の記憶を思い起こすことができますか。小学一年の頃でしたか、私の家は中国の東北、それもかなり北の街の郊外にありました。変電所の住宅です。帰りはいつも一人でした。西に傾いた太陽が赤く大きく見えました。人間は私一人、父や母、それに友達、先生、それらは皆私をいい子にするためにあるんだとそんなことを考えながら歩いて帰った記憶が鮮やかです。

六月上旬にフランス映画「終着駅」が来ます。高校一年か二年の頃一度見ましたがもう一度ぜひ見たいと思います。夜の駅の一時間余りの出来事。黒白の無彩色の構成美の中にこそ映画の本当の美しさがあるように思えます。昨年はやはり旧いもので「哀愁」が大野へ来ました。筋書きは単純ですが美しいと思いましたし感動しました。旧い過去の感覚が一つの魅力なのです。今日はこのくらいにしておきましょう。時は十二時三十五分。雨はすっかり止んだようです。明日の授業に差し支えないようペンを置きます。お友達の家へお泊りになられるのなら、具合はきっと良いのだろうと想像しています。

五月二十九日

福井の家へ

いただいた万年筆で書いています。ペンよりずっと書きよいようですね。まずアドバイスを一つ。髪をあまり短く刈らぬこと。すその方を少し刈り上げる程度にしておきなさい。散髪はもう済んでしまったかもしれませんが。今頃、お家の窓から夜空を彩る花火を鑑賞していらっしゃる頃だろうと、私も障子を開けて夏の夜の涼風を楽しんでいます。細く開けた障子の中間に曇っているせいか霞んだ月が見えます。さっきまでピカリと時々稲妻が走っていましたがそれもおさまりました。ちょうど九時のオルゴールが遠くから聞こえてきます。あなたは福井を嫌っていらっしゃるようですけれど、私にはとても素敵なところに思えるのです。憧れはいつも福井の街に馳せます。あなたの家がそこにあり、ひっそりとした夜のたたずまいにかすかに明かりが漏れ、あなたとお母さまがそこにあるということ、ただそれだけで福井の街が光に満ちたところに思えるのです。いつかあなたが東京へ行っていらっしゃる時、遠足の日、バスでお家のすぐ近くを通ったことがありました。お母さまがお一人の時お宅をお訪ねした時も、同じ家の前を通り、同じ扉に手をかけるのに、あなたがそこに居ないということ、そのことのためにどうしようもなく淋しい気持ちがしたことを記憶しています。

久し振り大野へ帰るのがとても嫌だったのですが、帰ってみれば何でもありません。今までと同じ生活、安易な生活の中にスムーズに滑り込めます。一人でいるとどうしても気が沈みます。そんな時には本の一頁でも読むこと、そのことが大変効果があることを知っていますが、つい憂鬱な思いに惰情なままに沈み込んでしまいます。あなたとの生活は多分にこうしたことからの逃避、悔い多い人間であるがゆえに情熱を注ぎ込まずには居られない、そうした自分について考えていました。

忘れていましたが、六日に大野市青年部の行事がある由通知が来ていました。深井鉱泉で新任教師を囲んで話し合おうというわけです。欠席するのは心苦しいのですがあなたとの約束がありますからその方は出ないことにします。期待するものが何もない私は案外欠席する正当な理由？　ができたことを内心喜んでいるのです

今日、文泉堂へ行きましたら、もう一冊来ていましたのでその分も払ってきました。今度お会いしたときお渡ししましょう。「白﨑ですが云々……」と言いますと、向こうは奥さんだと思うようですね。

姉のところへ行きましたら、二十三日に海水浴に母たちと一緒に行ったとかで、真っ黒な顔をしていました。藤色のレースの服を作っていて、真っ黒に焼けた体に着たらどんなになるのかしらと思いましたが、後々のことを考えて褒めておきました。母たちもあなたのことについて一度家へ来て欲しいこと、前に知らせてくれたらお掃除をしておくから、その由私に伝えるようにとのことでした。

姉の手帳を見ながら今日は二人で大笑いしました。池袋○○会館、天丼百五十円、新宿○○寿司十円均一、等といっぱい細かくメモしてあるのです。いつか旅行した際食べ歩いてみるつもりで折にふれ書き留めて置いたもののようです。その時はおお真面目で書き留めておいたものが、何とも喜劇的に見えるものなのですね。そういう点

で手帳、雑記帳は大変面白いと思います。人それぞれ独特な味を持っています。今日も余暇の大半をこうして手紙を書いています。

明日は家へ帰ろうと思います。今日はこのくらいで。

八月三日

お母さんはあの日お帰りになられましたか。それに弟さんも。

大野の街も田舎も旧盆を愉しむ人たちで何となく色めき立っています。草花を持って墓参に急ぐ人々の風情は、いつも遠い日の記憶を呼び覚まします。あるいはそれはこの地上に生まれてきた以前の、暗い闇に閉ざされた記憶かもしれない、そんな不思議な感慨を持たせるものが旧盆にはあるようです。暑さが急激に衰え、野に秋を告げる黄色の花が咲き、涼風が面をなぜていく夕暮れ、遠く墓を訪なう人の影と蝋燭の小さな灯りが点滅して見える。オカッパ頭の小さな少女だった日に非常に美しく映じたそうした墓参の光景を思い出します。

今日、大阪にいる妹が姉たちを迎えに来たそうですが、私は学校にいて会えませんでした。急に家へ帰りたくなりました。姉妹四人が顔をそろえる時、何となく失われたもの、失われた家庭が再び取り戻されたように感じるからです。明日帰ろうと思っています。

T先生にも長らく連絡を取っておりませんので、お手紙でも出そうと思っています。まず第一にあなたの健康が著しく良くなったことについて第二に、私たちは幸せな結婚ができるだろうということについて。

時として、あなたがまだ療養中であることを忘れてしまって、数日間無理をかけたのではないかと案じています。弟さんが手伝ってくださるとはいえ、お盆は忙しいことでしょう。くれぐれもご自愛のほどお願いします。

八月十五日

婚約

最初に指輪をどうも有難う。本当に感謝しています。先日お伺いしました時、私の感謝の気持ちを充分表現できなかったのではないかと思い、あらためてお礼をいいます。当分は毎日はめていたいのです。七色に深く輝く美しい光を、あなたが私のために吟味して選んでくださったことを思うと、どうして一時でも手元から離すことができるでしょうか。手洗いの時のわずかな水道の水にも色が曇らないかと心配になりますがやはりケースにしまい込むことはできません。私がいつも指輪のことを気にしているのに他の人はやはり手元のことには気がつかないようです。したがってつい「いいでしょ」と誇示してしまいます。皆おめでとうと言ってくださいます。その時の言葉はやはり本心からの善意の言葉であると思いますし、私も嬉しい気持ちになります。義兄は姉に見せないようにと申しました。何でも目下、姉がオパールを欲しいと責め立てている最中のようなのです。しかし残念なことに姉には最初に見せてありました。

指輪の静かな光を今も眺めながら考えます。幸せになりたいと。そうした祈りのような気持ちをしみじみ感じさせる不思議な光をたたえた宝石です。そして幸せは作り上げていくものでなければならないと。

この間はいろいろ勝手なことばかり言ってあなたに不愉快な気持ちを持たせたのではないかと本当に申しわけなく思っています。私はある意味ですさまじい女だと思っています。どんな静かな環境にあってもすさまじく生きざるを得ない。すさまじい執着を持ち、すさまじく追及する。そうした性向ゆえに人が何でもなく通り過ぎてしまうことを苦しみ続けてきました。そうした自己の生き方について、それ故に深く噛みしめる味のあること、それはまた私の唯一の誇りでもあること、そしてまた自分自身で耐えていかねばならぬことであると考えます。

謙虚であること、常に謙虚であること
相手を理解しようと努力すること
常によき理解者であることに最上の喜びを見つけよう
決して自我を強く主張してはならぬ
一つの生活に踏み切った限り、それを最大限よく生きるべく努力しよう
深く身に受けた心の傷は自らの内部で耐えていかねばならぬ
決して他に語ってはならぬ
外部に決して表現してはならぬ
謙虚であること、常に謙虚であること
全てはこの中から解決が得られるであろう

願わくば明日よりこう生きたい

七月二十四日付で手帳に書き留めておいたものです。こう考えたことを忘れぬように。しかしやはり忘れてしまうことがあるのです。

風が急に冷たくなりました。四方の自然ものさびて深まりゆく秋を感じさせます。もうすぐ十月がやって来ます。私の心のふるさと、それは十月の自然、肌にひやりと触れる大気、風です。十月が来ると、冷たい風の日が訪れると考えるのです。心のどこかにぽっかりと口を開けている風穴、それは決して償い得ないものであることについて。

今日六時、国鉄駅でT先生に会いました。私はバスで帰ったのですが、姉にT先生が歩いていかれたと聞いて駅まで走っていきました。わき腹が痛くて歩けなくなるくらい。

無精ひげがかなり伸びて、幾分やつれた面持でした。別に話すこともなかったのですが、T先生には何となく兄さんのような信頼感を持っているのです。ただ顔を見るために走っていきました。指輪を見ていただきました。T先生もY先生もまだかつて誰にも指輪を贈ったことがないと言っておられました。こうして親しみを持つ人と時折ふれること、冷たい羽根をふれあって暖めあうこと、こうしたものが人の生活なのかもしれません。それにしましてもY先生は何故前歯を入れないのか不思議に思います。そのことをふと聞きたいと思いましたが失礼と思いやめました。人の姿が寒々と孤独にみえるのもやはり十月です。今日は校長交渉をして遅くなったと言っておられました。

T先生たち、あなたも含めてその生活を律していこうとする意志力の程度は如何ほどのものか考えていました。生活上の矛盾は無数にある。そして自己の人間としての価値をあなどるものも。それらへの怒り、そしてそれらを解決しようという意欲、そこまでは分かります。しかしそこまでです。「日本の夜明け」という映画、あまりに真実を語っていないので観ていられなかったと友人が言っていました。私は今忙しくて手紙を書いている暇はないはずなのですがペンを執るとどうしてか書きすぎてしまいます。

今日友人から手紙が来てその生活について色々知らせてきてくれました。長い間ご無沙汰していた人です。こうした手紙を手にすると人間の善意というものをしみじみ感じて、生きる意欲を沸き立たせてくれるもの、それは人間関係以外ないとつくづく思います。地上に善意の人々、立派に生き通そうと思案する人の実に多いこと、私は単純な人間ですからそのことに一種感動を覚えます。ヘッセの詩を書き送ってくれました。

困難な時期にある友に

この暗い時期にも
いとしい友よ、わたしの言葉をいれよ
人生を明るいと思うときも
暗いと思うときも
私は決して人生をののしるまい
日の輝きと暴風とは
同じ空の違った表情にすぎない
運命は甘いものにせよ

にがいものにせよ
好ましい糧として役立てよう
ヘルマン・ヘッセ

風が急に冷たくなりました。お母さまにカーデイガンを贈りたいと思います。濃い灰色くらいでよいでしょうか。他のものの方が良いようでしたら、お母さまのご意向をお聞きして選びたいと思います。あなたからお聞きしてくださいますか。寝冷えをしないようご自愛を。

九月十七日

研究会

お手紙ありがとうございました。明日より立冬とか、降りだした雨に風が加わって、時折強く窓を打つ音に、冬近いことを感じさせられます。明日くらいから急に寒さが増すことでしょう。毎日何となく気の落ち着かない日を送っています。

研究会(二十七日)が近づいてくるからです。何もせずに毎日時間を費やしてしまっていて、心の重い負担になって苦しませられます。三十万円の設備充実費を貰い、二カ年の研究指定を終えての研究発表ですから、あまりいい加減なこともできないのです。何とか格好だけはつけねばなりません。技術家庭科の研究授業、あるいは研究発表にしても一つのショーであることは心得ております。今夜は研究収録の原稿と授業の見通しを立てようと思って、張り切っているというよりやむに止まれぬ必要に迫られているのです。睡魔が訪れてこぬよう濃い紅茶を飲みました。先にもお話したことがありますが、私はまだ万年筆を自ら求めて買ったことはなく、もっぱらペンばかりを使っていました。いただいた万年筆は大変都合よく、すっかりペンにはご無沙汰しています。しかし考えてみると、ペンにはインクをつける間というものがあり、その「間」は無駄な時間であるようでありながら。やはり思考の小休止、考えを一時「練る」時間となっており、手の運動の小休止はまた文字を丁寧に書くということに連なっているように思えます。したがってペンの効用というものも決して小さくはないなーと考えていました。

今日、仕事の合間、大きな溜息をついて「授業が面白くない、つくづく仕事が嫌になった」と話している人がいました。定められた時間、定められた内容、他人のろくでなしの子を教育することの馬鹿ばかしさについて、私自身は諦めるともなく忘れ去っていたことをふと考えて苦笑しました。仕事に追われているようでありながら、生活の半分ほどしか現実の生活をしていない、あるいは現実に身を置きながら、心は決して現実を見ていない、それ以外にのんびりした顔をして生きることができない、そうした苦さについて、それすらも直視することを避けて生きている生活態度を、ふとほんの暫くだけ考えました。帰りのバスの中、落合さんが雨の中、傘もささずに選挙のための街頭演説をしているのが見えました。立ち止まる人もなく、耳を傾ける人もいない中で。一度福井で見かけたことがありましたが、田舎びたおじさんに見えました。

こうした無責任なたわごとを書き綴っていると、何となく心が開放されます。何を言っても許され水の中に溶けて消える。私はただ書くことだけを愉しめばよい。……それは私の価値を評価され、厳しく冷たい批判となって戻ってくる研究収録の原稿と比べれば、全く楽しいことだとここに何度も書く意味がお分かりのことと思います。

波のようにたゆたう、何の意味もない、深い河のながれの水底のような、静かで暗い失意のものが持つ情緒、霧がかかったように定かではなくそれでいて速く絶えず回転する。時折、霧のかなたに灯が揺れるように思えても、それは現実に大きく浮かび上がることもなく、いつしか視野から消える、冷たく肌にふれ、頬を濡らす、それは雨のようでもあり霧のようでもある、そうした情緒に浸りながら尽きず書き綴る、そうした境地が好きなのです。

十一月四日

初雪の日

大野は二十七日研究発表会の日に初雪を迎えました。雪国に住むとはいえ雪の降らない間はやはり雪を忘れています。突然呼び覚まされた「冬」の実感に少々戸惑いを感じました。今日は朝からの冷たいみぞれに雪は姿を消しましたけれど、しんしんと骨に染み込む冷たさに一日震えながら過ごしました。下宿も姉の家の近くにどうやら決まりました。現在は千五百円の家賃ですが今度は二千円になり少々頭の痛いところです。しかし移転を利用して少々面倒くさいテクニックを労して通勤費を九百二十円貰うことにしましたので（現在は百九十六円）まあとんとんに行けそうです。移転は姉が手伝ってくれますし、自動車も知人に頼んでくれるそうで心配はありません。寒いところですしあなたには力仕事は無理と思いますからどうぞ家でゆっくりお過ごしください。移転は三十日（土曜日）の三時過ぎからになると思います。もし新しい下宿をご覧になられるようでしたら勿論歓迎いたします。とにかく移転はこれで六回目（学生の頃から一人でしたもの）、慣れていますし、所帯道具をひっくるめて家移りすることのそこはかとない侘びしさ、長く生きも生きたりと、感慨深いものがあります。年と共にガラクタばかりが溜まって、それらが少しずつ年を経て増えていくことが、私の生活した証となっています。これといったものは何一つないのにやはり自動車にすべてをつみこまねばなりません。それらは私の所有物であるが故に、やはり捨てきれない大切なものであると共に、生活の垢のにじんだ苦々しい物でもあり、人目に触れさせることが苦しくもあるのです。お手伝いして頂くことが私にとって大変嬉しいことであると共にまた大変恥ずかしいことであると述べるために少々説明が長くなりました。

先月、義兄の現場で事故があり一人即死者があったことは先にお話しましたけれど、また一昨日火事があり五百万くらいの損害を受けたそうです。今日も一日警察で調書をとられ、警察とはすっかり顔なじみになってしまったと笑っていました。姉はまたすぐその中に保険に入る可能性のある人はいないかと話を持ち出します。本当に寒くなりました。机の前に座っていると他人の横顔の深いしわさえ妙に悲しい気持ちを起こさせる。寒さとは人間の感情にも微妙な影響をもたらすもののようです。

天台会（報恩講）が済んでほっとしていらっしゃると共に、お母さまは随分お疲れになられたことでしょう。よろしくお伝えください。あなたも葬式などが続いて無理がかかっているのではないですか。くれぐれも体に気をつけてください。ことに風邪など召さないように。

十一月二十八日

転居

土曜日の午後五時から一時間あまりで移転を終わりました。丁度運よく義兄がいて、自動車の運転手さん、それに下宿の男の子と男手も三人あり、私はぼんやりしているだけで仕事はみるみるうちにはかどりました。今日ほど義兄を頼もしく思ったことはありません。体が大きいだけあって力も随分あるのです。前の下宿を変わるとき、下宿のおばさんと二人してどうしても階段から降ろせなかったミシンを一人で持ち運びできるのです。今度の移転も大野で私一人だったら随分心もとないものだったでしょうに、肉親の有難さと心強さをつくづく感じました。姉の家の二、三軒奥で目と鼻の近さです。今後は今までよりずっと姉の家に入り浸ることが多くなるでしょう。今日も一日姉の家でテレビを見て今十一時半になってやっとねぐらへ戻ったところです。

テレビ映画「悲恋十年」を観ていました。あなたもご覧になっていらしたかもしれませんね。そんな風に思えてここに書きました。考えてみるとばかばかしいお話です。他人のために自らの身を滅すなど人間は決してできないと思うからです。

今度の下宿、四、五年前までは温泉マークの貸席だったようです。私の部屋の入り口にも赤いランプがつくようになっていて「松の間」とか何とか書いてあります。四畳半の部屋が幾つも並んでいて、その一つにおばあさんが住んでいる他は空き部屋になっています。大きな迷路のような廊下を持った古い家です。何分安いところと言って入った部屋ですので、かなり汚れた窓も、お客さんが吸殻を捨てたので外から板を打ち付けたとか言って、暗く塞がれているそんな部屋です。

荷物の整理は一応できました。前の部屋より狭い感じ、それも窓を塞がれているせいでしょうか。どうせ夜しかおらないのですからここで我慢します。山王神社が池を隔ててすぐ前に見えます。大きな木と古ぼけた家に続いて赤い雨戸の小さな棟が見えます。そこが若夫婦の部屋なのかしらと、朝、廊下の窓から覗いていました。かつては幾組かの男女が幾時間かを過ごしたであろう部屋、そしてそれらは多分どこか悲しげな人たちであっただろうと、そんな想像が一時脳裡をかすめます。部屋のすぐ傍らにはかなり広い踊り場があって階段に続いています。そのすぐ隣は応接間様の広い部屋、ソファーやベッドが埃をかぶっています。何でもそこで性病関係の町医者が開業していたとか。こうしてかつての赤線の貸席の家へ入るのは初めてではありませんからそう物珍しくもありません。奈良で友人の一人がやはり赤線廃止後の建物に下宿しており、二、三度遊びに行ったことがありましたから。そこはもっと新しく、もっと建て方が複雑な奇妙な家でした。どの部屋もきっちり壁で隔離され、顔を合わせないで部屋へ入れるよう廊下がくねくね曲がっていました。

この部屋は何となく落ち着かないのです。何かを思い出すような、いつかこんな所で過ごしたことがあったような変な気持ちになるのです。部屋が狭いところが学生時代の下宿に似ているようなそんな錯覚を起こさせるのかもしれません。ともかくこの部屋に慣れこの部屋が私の部屋になるまでに数週間かかるでしょう。この部屋にはあなたの匂いがありません。一度ここへ来られてここへ座られたら、それだけでこの部屋が私にずっと親しみ深いものになるでしょう。一度お暇な折に遊びにいらしてください。

十二月一日

ありあわせの紙片での走り書きは大変失礼と思いますが、便箋を学校に忘れてきたらしくどうしても見つかりません。この紙片はメモ用に引き出しに入れて置いてその多くをすでに使ってしまいましたが、今初めて格言が記入されていることに気付きました。目についた最初のページに「人の一生には焔の時と灰の時がある――」というアンリ・ド・レニエの言葉も大変面白く思いましたし、少しばかり興に乗ってペンを執っています。

非常に幼い時、つまり人間が幼稚で安っぽかった中学生、高校生時代には格言を非常に好んだ一時期がありました。今はさして大人になったつもりもありませんがこうした格言はあまり好みません。それは自らの生活を律していこうとする気力を失っているからなのか、ある程度自分の将来を見通すことのできる年齢になって、現在の私の生活観に響いてくるものが無いからだと思います。

大野の商店街を久し振りに通って、クリスマスの賑やかな飾り付けに目を見張りました。東京は年末の大売り出し、ジングルベルのレコードが始終流れてさぞ大変なことだったでしょう。冬はとても淋しいけれど年末の慌ただしさはやはり好きです。人々が忙しそうにせかせかと歩くとき寒さと孤独が苦痛ではなくなるからです。年が明けて新年を迎えると人々は再び落ち着きを取り戻します。その時寒さは耐えきれぬほど骨身に染み込みとても淋しくなります。

今日は日直、有終中で中日の高校入試の模擬テストがあって、私共の学校からは六名監督にでています。こうしたものが三回あるのですから順番に回ってきますし日曜と言えど、なかなかゆっくりできません。皆、渋い顔をしながらもやはり職務に忠実です。よく飼いならされた犬のように。

今までの私は教師集団というものに多分の幻想を抱いていたことをとても苦々しく思い起こします。そのことをいまいましく思う今、私もすっかり無気力な教師になり切っていることを思い知らされます。この間、道徳教育の研究会があったとき、とても面白く思ったことがあります。それは「あなたの授業には目標がない。今の時間、何について話し、結論をどうするかを教師はもたねばならない」と校長に言われた人の言葉。「道徳に限らず、一体子供をどこへ持っていこうとしているのか、それが私にはない……」と。

その人は偏差値とやらが大変好きな人で、熱心に成績の統計を出して表を作る、ただ表を作ることのみに生きがいを見出しているように私には見える、そんな人なのですが。教育論を云々する気は私には毛頭ありません。むしろそんなものと無縁でありたいと願っています。教育のマスプロ化、分業化の中で教師一人の生徒への影響は微細なものです。教育ということと仕事のことはできるだけ考えないようにしています。そして胸の中で鬱々と燃えくすぶるものは、自分自身をもっと適切な道で生かしたいということです。自分の生活環境に満足できないのは、今までいつもそのようであったように思えますし、私の性格なのかもしれません。そして全く嫌な性格に不幸な性格に生まれついたものだと思います。

以前あなたのお手紙にあった言葉「生きとし生けるものは生かされねばならない」。全くその通りなのですが、私自身についていえば、今は世の通念ともなっているその言葉に甘えて生きている自分を知っているが故にある後ろめたさなしに語ることはできません。やはりはたと迷うのです。

「私は生きることが許されるだろうか……」と。

文泉堂へ行って本をもらってきました。その折、美しいクリスマスカードが目につきました。少女趣味かもしれませんけれど、私に美しい、とびきり上等のクリスマスカードを送ってください。クリスマスの日に。青い、深いクリスマスの夜の空から白いわた雪がはらはらと舞い落ち、夕餉の窓に赤いローソクの灯をともす。童話の中のサンタクロースの存在をクリスマスの夜には信じます。中国の東北部のそれも北方の街、子供時代を過ごした家は、赤いレンガ建ての大きなペチカと煙突のある家でした。二重窓になったガラス戸には厚い雪模様がびっしりと張りつめる。朝、カーテンを開けるとすぐ窓に上ってそれをナイフで削り落として外をのぞくのです。煙突からサンタクロースが来るのだと信じていました。その頃の絵本には煙突に足をかけて入ろうとしているサンタクロースの絵があったからです。

今日は姉の帰りが遅かったため五時〜九時まで姪たちの世話をしました。ご飯を食べさせて寝かせるのです。子供たちは遊びほうけてなかなか食べてくれず、私ばかりムシャクシャあまりに食べ過ぎたことを知って自分でも可笑しくなりました。私には母親になる自信がありません。こんなに大きくなっても子供は本当に手のかかるものです。

ようやくこの部屋を自分の住まいと思えるようになりました。真珠のネックレスは私にはもったいないような気がします。お母さまによろしくお礼を申し上げてください。でもどんな洋服につけようかしら。今度は洋服の心配をしています。そしてまた私は真珠をつけるほど上等な女ではないような気がして自信がありません。しかし装身具をいろいろ贈ってくださることは私を女の子とみてくださっている証拠のようで、そのことがまず第一に大変嬉しいのです。姉は子供たちのためにクリスマスパーテイ（家族だけ）をするそうです。あなたを招待してもよいと言っていましたけれど大野へいらっしゃいますか。年末でお忙しいでしょうか。今の下宿からバスに乗るときは寺町通りを行きます。ずっと寺が並んでいて大野の寺のたたずまいを見学するのも面白いことでしょう。今夜は四人、僧衣の人に会いました。今、どこの寺でも何か行事があるのでしょうか。

手芸教材の見本として置いていった糸を今日は何となく取り出して鈎針で編みだし、つい興に乗り全部編んでしまいました。作品は用途なしの大きな平たい赤いものです。あなたの家のテレビの上にでも乗せましょうか。姉に言わせると火鉢敷が最適とのことです。しかしそれではあまりに可哀そうですからせめてテレビの上にでも置いて欲しいものです。書き続ければきりがありません。思いつくことを書き綴っておれば恐らく夜が明けても尽きないでしょう。今日はこのくらいで。

十二月八日

検診に行くあなたへ

二十一日七時半、そろそろ駅へ出て能登号を待っていらっしゃる頃だなーと思いながら時計をみていました。昨年東京へ発たれたのも今頃ではなかったでしょうか。確か金曜日だったことを思い出しました。T先生が学校へ電話をくださって、あなたが今日東京へ発つから会ってみるようにと。

一年という月日は短いようであれ、ずいぶん多くのものを残して去ります。壁にはすでに一九六四年の暦が掛けられています。年の終わりにはやはりその一カ年の出来事をいろいろ考えてみたいものです。学期末が訪れてくると生徒も教師も落ち着きません。早く休暇が訪れるようにただ待ち焦がれているのです。一日早く過ぎることが老いと死滅を早く訪れさせるものであることをよく知りながらも、早く正月が来るように待っているのです。個々の人について考える時、その人がどんなに変化しようとも一つの定着したイメージとして思い起こされます。母については、幼い妹を背負い黒地に赤い椿の模様のある負ぶいばんてんを着た母、あなたについては重いオーバーを着て雪の中に立つ、悲しそうでそれでも誠実に生きようと意志する……。それは最初に話し合った日の印象なのかもしれませんが、その頃のあなたの姿を思い起こす時、今あまりに身近なものになったあなたが、突然にぐんぐん遠のいてひたひたと冷たいものが心を打ちます。

私についてはやはり寒い日に暗い空の下のネオンの街をコツコツ一人で歩いている姿、人のざわめきが波のようにあふれては引く繁華街の夜。それぞれの人がそれぞれに皆無関心で歩み去る。暗い喫茶店の片隅でコーヒーを前にして考え込んでいる、そんな私の姿が最も私らしい。そして何時の日かそんな私に戻る日があるに違いない。それは必然のことのように思えます。理由は最も私らしいから。

暗く重い情緒に取りつかれた時私はペンをとります。それが唯一の私の趣味なのでしょう。あるいは自ら好んで私の中にそういうムードを呼び覚まし愉しんでいるのかもしれません。今頃多分汽車の中、寝台車のベッドの中で友人とする囲碁のことでも考えていらっしゃるのではないでしょうか。

心が重く耐え切れない時は汽車に乗って家へ帰りました。夜の三等車、人いきれがひどく、ごとごと振動が激しいほど落ち着くことができました。規則正しいレールの軋みにあわせて繰り返し同じことを考え整理するのです。それが無意味な考えごとであっても、汽車に乗っているときであればその時間の浪費を悔いることもなく、自分を慰めることができます。今日は日曜日、それもすでに夜。予定していた仕事は何一つせず、一日床の中でうつらうつらと過ごしました。結婚したらこのように呑気に過ごせないでしょう。やはりこうした一人住まいの怠惰を惜しむ気持ちがあります。あなたが私の怠惰に呆れないよう今日は少し体が悪いことも付け加えておきましょう。

少し熱気があります。日曜日でしたがお医者へ行ってきました。

学期末、もはや心を煩わせるものも全部終わり、怠惰に甘えきることのできるわずかな期間です。手袋を二日間、それも少しばかりの余暇を利用して編み上げました。学校へ来た見本の毛糸を利用して、これで無料で今年は暖かい手袋をはめることができます。私のケチ精神は徹底していると学校で親しい友人に笑われました。

月曜の夜には福井へお帰りになるのですか。物音一つしない全くの静けさと闇、眠れないままに病院にいらした頃のあなたの姿を思い出していました。今のあなたと全く異なっています。匂いでそのことを判断するのです。

今年の秋、平泉寺へ遠足に行ったときに賽の河原があって、小さな石の地蔵が並び、大きな石から小さな石へと積み重ねられた小さな石の塔が幾つも作られていました。自分の年の数だけ参拝者は重ねて帰るのだそうです。一年一年と積み重ねられる年のことを考えていたら、ふと平泉寺のことが思い起こされました。

十二月二十三日

少しずつ書き綴った手紙も読み返してみれば我ながら嫌気がさす無意味な文字の羅

列です。思い切って明日投函しましょう。今朝私の学校の同僚が、弟さんの奥さんが亡くなられたとかで休まれました。今春結婚したばかり、赤ちゃんができると聞いていましたが、お産の際に亡くなられたそうです。ハネムーンも過ぎぬうちに、それもお産で息を引き取るなんて悲惨です。随分奥さんを選ぶのにあれこれ迷った人のようでしたから、尚一層その感を強くします。奥さんを迎えるために福井に家を建ててやっと軌道に乗った時の死別、赤ちゃんは生きているそうです。そのことを聞いてまず第一に私が考えたことは不慮の死というものは統計的にある確率をもって現れるものであるとすれば、私の身近で起こった死は私にかかる確率を低くしたということ。ただ命があるだけでどんなに幸せなことであるかを考えました。そして多分私たちにも訪れるであろう幸せな日というものもそれが限りあるものであることを思うとき、一刻一刻をいつくしみ本当に大切にしたいと思うのです。

今夜はもう福井へお帰りでしょうか。月に一度の旅は病院通いとはいえやはり楽しいものであるに違いないと思います。最近の私は私生活については決して他人には語りませんが、姉がおしゃべりで他人に私のことなど話すらしく、最近は何かと私のことを言うのが気にかかり始めました。それもとんちんかんの憶測をされるのは決して愉快ではありません。しかし決して弁明はしません。それらの憶測が善意に発するものであることが分かるからです。人がある人を愛し結婚しようとしていることに対しては社会は寛容であること気づき始めました。

結婚の披露宴はお母さまがおっしゃるように少人数でしませんか。少数の親類と僅かな学校関係、友人だけで。後に心からの挨拶状を送ればよいと思います。私が社交的にできていないせいか披露そのものをあまり好みません。最も理想的なのは二人ひっそりと挙げる結婚式。なぜならごくささやかな誓いなのですから。

母が家からもお歳暮をと申しますので、それを持って伺いました。あいにくあなたは勝山へ行かれたとのことでしたので、お母さまと二時間ばかりお話しておいとましました。

姉があなたのことをどう思っているかなー、とお聞きになられたので、そのことについてお知らせしましょう。姉は私には何も申しません。多分あまり私を嬉しがらせるのはシャクだという気があるのでしょう。家へ帰って母に語ったあなた評は「静かで落ち着いていて本当にいい人だわ。お酒が強いんね。東京へ行くといつも龍子ちゃんにお土産を買ってきてくれるし、今度真珠をくれるんだって。龍子ちゃんにはもったいないわ。きっと尻に敷いてしまうから。龍子ちゃんは何やかにやとプレゼントを貰っていいなー、って言ったら、私も少し足して買えって五千円くれたけどいざ買おうとおもうとやっぱり惜しくなって、ほら、これ三百円のを買ったんよ」

これで充分お分かりのことと思います。それにあなたは私が人を尻に敷く人間ではないことをよくご存知でしょうから、その点は安心しておられるでしょうし、まず最高点をつけてもらったと喜んでよいでしょう。その次に私のあなた評。私にも勿論第三者として一歩離れてその人の人格を評価するそういう目は持っています。しかし前にも書いたことがあるように愛というものの中にエゴというものを決して入れてはいけないと、厳しく自分を律するそういう一面が観念的にせよあるが故に、その人の全存在を欠点も長所もその人のものであるが故に愛する、愛しなければならない、あるいは愛することができると思います。相手が自己を愛してくれるから愛するのでもなく、そういうこととは無関係に、それ以前の問題として愛は存在すると思うのです。実感としてそう確信することができます。あなたの表情や姿を見ている時、私はあなたを愛していること、愛することができると思うのです。あなたがもっと多くの欠点を持ち、不安定な性格であったとしても、きっとあなたを愛しているでしょう。もしあなたが一片の好意すら与えなかったとしても。愛とはそういうものだと私は思っているのです。私が愛しているものはあなたの全てでありながら、それを抽象的、感覚的に言うならば、何かなまぐさい青々としたもの、性的美感とでもいうようなもの、そうしたものではないかと思います。岡本かの子の文学を好みますのも、彼女には私に似た感覚があるからです。性的な美感といってもそれは人それぞれ、特定の個人が特定の個人に対してのみ感じさせあるいは感じるものだと思います。あなたは私がジェイムス・デイーンを好きだと言ったら笑いましたけれど、そういう私の感覚に好ましく映った唯一のスターであっただけにそういったので私自身は自分のことを最もミーハー族からは遠い人間だと自惚れています。

末の妹も目下、愛されることに酔っている最中です。夏休みにあなたもお会いになった学生が相手です。その子も非常に性格の良い誠実な人のようで妹にプレゼントするためにアルバイトをして何か買ってくれたようです。妹は、顔が嫌だから顔は見ないようにしているの、声も嫌だわ云々、なんだそうで、それでいてああ、勉強なんかいやんなった、○○さんのことを考えて今日は寝るわ……というように愛されることのみを喜んでいる、そんな幼い妹の様子を見て、この子もいつか広い世間に出たら、もっと激しく引きつけられる人を見つけて、彼を傷つける日が来るに違いないとむしろそういう痛ましい想像が先へ走ってただ口をつぐんで見守る他ありません。人それぞれ生き方の異なることは当然ですが私の場合は決してそんな愛し方はしなかったことを考えていました。随分馬鹿なことばかり綴っている自分が少々可笑しくなってきました。

年賀式には出席できない由、校長に断って三十日から家へ帰って最後の親孝行（娘としての）をしようと考えています。実家は現在の私には不安定な住まいです。そこは娘としての私の姿の記憶が生々しく現在もそうでありながら実は過去の私ではない、娘としての私は昨年で終わっている、そして今は宙ぶらりん。

そういう感覚をうまく表現できませんがそんな不安定感が私を余り落ち着かせません。正月は家で過ごそうと思っています。

十二月二十八日

さようなら　今は亡き　あなた

後記

日本が見えた見えたと甲板に吾を連れ出し母は哭きたり

二〇一五年十一月三日文化の日、大阪の山口暁子さんが「まごころ短歌大会」で「国民文化祭実行委員会長賞」を受賞された歌である。

夫をシベリアに残して母は独りで四人の子を守り引き揚げた。日本の地がついに見えた時の母の安堵と狂喜を歌ったものと説明しておられる。（二〇一六年青風一月号）

その頃八歳だった私も引き揚げ船から遠く日本が見えだしたとき、皆甲板に出て「見えた見えた」と喜びあう人々の中にあった。だからこの歌の表現する状況が痛いほど分かる。しかし博多に向かう船からは小島が幾つも見え、初めて見る日本という国の、それをとりまく小島の多さに驚いていたと言った方が良いかもしれない。葫蘆《ころ》島を離れる時の感慨の方が大きかったことをこの歌から気づかされた。十一歳になっていた姉は私よりその思いは強かったのではなかっただろうか。「さあ、満州の歌をうたおう」と私をせかした。

中国についての文章が多くなってしまったのはそのせいかもしれない。中国は今も私にとって望郷の国であり続けている。

「山家慕情」は私にとって大切な作品である。小さな同人誌に載せたのは三十七年も前になる。これにもう一度陽の目を見せたくて他の文章は書き綴ったといってもよい。しかし今読み直してみると、時代が遠く過ぎ去ってしまったように思えてならない。小説の舞台を明治維新直前の山村に設定してあるが、これらは昭和三十年代まで続いていた伝統的な日本の生活様式なのである。私もこのような牧歌的環境の中で育った。決して失ってはならない遺産だと考えている。今「限界集落」という言葉が使われ始めている。その危機感の中味はその集落の問題だけではなく、私たち皆が失ってはならないものを失いつつあることへ危機感だと思う。言葉自体も変わりつつある。いまはあまり使われなくなってしまった言葉が多くあり、読みにくいのではないかと気付きルビを多くつけ直した。

「大野からの手紙」は夫の死まで封印されていた往復書簡の一部である。偶然の成り行きから手術の日に見舞うことになった私は、手術が終わるまで待っていると約束した。甲状腺腫（癌）は当時は治癒未知の分野で、私たちには死に至る病の宣告のように思われた。

当初は往復書簡としてまとめるつもりであったが、今もってあまりに苦しく、ここでは私の手紙の一部だけにした。ただ彼を助けたい一心で書き綴ったものである。

その年は三八豪雪として語り継がれる雪害甚大だった年で、その年の雪の状況の記録として、また当時の時代の状況を写すものとしてなら意味があるのではないかと考えた。「山家慕情」は同じく大野の山村の物語でありこれに続けて記載することにした。

終戦前の学校教育を一年受けた影響は大きい。一九四五年を私の心の起点と考えている。私たちは終戦前について語れる最後の世代ではないだろうか。終戦前の中国で生まれ、二〇〇〇年前後から大きく変化していく中国を垣間見た私は、これも過去の中国について語れる人々の中の一人だと思っている。傘寿近くなって、この一冊をまとめなければ次へ進めないように思えて敢えて出版に踏み切った。

この拙い書を手に取ってくださる全ての方々に感謝いたします。

二〇一六年　六月　白﨑龍子

月《つき》も歩《あゆ》む

2016年6月23日　第1刷発行

著　者 ― 白﨑《しらさき》　龍子《りゅうこ》

発行者 ― 佐藤　聡

発行所 ― 株式会社 郁朋社《いくほうしゃ》

〒101-0061　東京都千代田区三崎町 2-20-4
電　話　03（3234）8923（代表）
ＦＡＸ　03（3234）3948
振　替　00160-5-100328

印刷・製本 ― 株式会社東京文久堂

落丁、乱丁本はお取り替え致します。

郁朋社ホームページアドレス　http://www.ikuhousha.com
この本に関するご意見・ご感想をメールでお寄せいただく際は、
comment@ikuhousha.com までお願い致します。

ISBN978-4-87302-619-0 C0093